विविध योग-चन्द्रप्रकाश

विविध योग-चन्द्रप्रकाश

चन्द्रदत्त पन्त

मोतीलाल बनारसीदास
दिल्ली, मुम्बई, चेन्नई, कोलकाता, बंगलौर,
वाराणसी, पुणे, पटना

प्रथम संस्करण : १९८७
पुनर्मुद्रण : दिल्ली, २००२

मोतीलाल बनारसीदास
४१ यू०ए० बंगलो रोड, जवाहर नगर, दिल्ली ११० ००७
८ महालक्ष्मी चैम्बर, २२ भूलाभाई देसाई रोड, मुम्बई ४०० ०२६
२३६ नाइंथ मेन III ब्लाक, जयनगर, बंगलौर ५६० ०११
सनाज प्लाजा, १३०२ बाजीराव रोड, पुणे ४११ ००२
१२० रायपेट्टा हाई रोड, मैलापुर, चेन्नई ६०० ००४
८ केमेक स्ट्रीट, कोलकाता ७०० ०१७
अशोक राजपथ, पटना ८०० ००४
चौक, वाराणसी २२१ ००१

नरेन्द्रप्रकाश जैन, मोतीलाल बनारसीदास, बंगलो रोड, दिल्ली ११० ००७
द्वारा प्रकाशित तथा जैनेन्द्रप्रकाश जैन, श्री जैनेन्द्र प्रेस,
ए-४५ नारायणा, फेज-१, नई दिल्ली ११० ०२८ द्वारा मुद्रित

प्रस्तावना

समस्त ज्योतिष शास्त्र पर विश्वास करने वाले बन्धुओं की सुविधा के लिये यह नवग्रहपीड़ा निवारण अनुष्ठान का सम्विधान इसलिये तैयार किया गया है कि प्रत्येक मनुष्य इस पुस्तक की सहायता से स्वतन्त्रतापूर्वक अपने कष्ट निवारणार्थ, जप, तप, यन्त्र मन्त्र और तन्त्र का अनुष्ठान कर पूर्णरूप से सफलता प्राप्त कर सके। फिर भी अच्छा यही है कि प्रत्येक अनुष्ठानकर्ता अपनी कार्यसिद्धि को अपने कुलगुरु, पुरोहित या किसी ज्ञाता पंडित, साधु-महात्मा के आदेशानुसार, शुक्लपक्ष में, शुभ दिन, शुभ-मूहुर्त या लग्न-नक्षत्र में अपने यज्ञ का पुरश्चरण. अपनी लक्ष्यपूर्ति के लिये अपने गुरु की संरक्षकता में ही प्रारम्भ करे, ताकि किसी भी प्रकार की त्रुटि न रहे। और किसी को भी, किसी प्रकार की टीका-टिप्पणी करने का अवसर प्राप्त न हो क्योंकि सिद्धान्त और व्यवहार में धरती-आसमान का अन्तर हो जाता है। इसलिये इस पुस्तक का आद्योपान्त-अक्षरशः अध्ययन करने के पश्चात् ही अपना कार्य प्रारम्भ करना चाहिये। यहाँ हम सिद्धान्ततः सभी बातें व्यवहार रूप में लिखने का प्रयास करेंगे। यदि इतने पर भी कोई त्रुटि रह जाय, तो विज्ञजन क्षमा प्रदान करते रहेंगे और

अपनी संरक्षकता में होने वाले अनुष्ठान के कर्ता को सुमार्ग दर्शन कराकर उसके यज्ञ को सुचारु रूप से सफल बनाने में सहायक होकर, धन, श्री, यश और मान-प्रतिष्ठा का लाभ उठाकर, अपने शिष्य को उसके लक्ष की प्राप्ति कराकर उसका जीवन सफल बनायेंगे।

सर्वप्रथम अनुष्टानकर्ता को चाहिये कि वह हृदय की शुद्धि के साथ-साथ मकान, घर, आसनादि की शुद्धि को भी अपनाये। सब प्रकार से एकान्त-शान्त स्थान का प्रबन्ध कर षोडशोपचार को अपनाये, जिसके अन्तर्गत, स्वस्तिवाचन, गणपत्यादि पूजन, ग्रहप्रतिमा यत्नोपरिस्थापन, प्रतिमापूजन, जपनिवेदन, कवच, स्तुति, विनियोग, सूक्त, ध्यान-आवाहन, आसन, पाद्य, अर्घ्य, आचमन, अभिषेक आदि सभी कर लेने के पश्चात् जप का दशांश हवन, हवन का दशांश तर्पण, तर्पण का दशांश मार्जन, मार्जन का दशांश ब्राह्मण भोजन, ग्रहदान, गोदान, तिल-पात्र छायादानादि के उपरान्त यज्ञान्त स्नान अवश्य करना चाहिये। इसके साथ ही यहाँ इतना लिख देना आवश्यक है कि कर्मकाण्ड के अनेक सिद्धान्त हैं जो कि पृथक-पृथक प्रकार से ऋग्, यजु और साम वेदियों द्वारा अपनाये गये हैं इसलिये स्ववेदानुसार ही षोडशोपचार अपनाने चाहिये। ग्रहपीड़ा निवारणार्थ ग्रहनग, ग्रहधातु की अंगूठी, ग्रह उंगली में अंग स्पर्श करती हुई पहन कर जप करना चहियें और सदैव निज रक्षार्थ उसे धारण करना चाहिये। यदि हो सके तो ग्रहजड़ी भी अपने पास रखनी चाहिये उससे भी अरिष्ट कटते देखे गये हैं।

यन्त्र लिखने की सामग्री

जो मनुष्य ग्रह-यन्त्र को भोजपत्र पर लिखकर तावीज रूप में धारण करना चाहते हैं उनके लिये यन्त्र लिखने की सामग्री इस प्रकार है। केसर, कस्तूरी, कपूर, काला-अगर, गोरोचन, हाथीमद, (हाथीमद के अभाव में हल्दी ली जा सकती है) सफेद चन्दन, लाल चन्दनादि (ये सभी वस्तुएँ असली ही होनी चाहिये) एक शीशे या स्टील-कांसे की कटोरी में खूब अच्छी तरह घिसकर लिखने योग्य अवलेह बना ले और उसकी स्याही से भोजपत्र पर यन्त्र लिखकर ग्रहधातु तावीज में भर कर ग्रह प्रतिमा के साथ पूजन करे। अन्यथा ग्रह धातु पर अंकित कराकर

ग्रह प्रतिमा के साथ पूजन करे। यही यन्त्र सदैव के लिये कार्यवाहक रहेगा। अच्छा तो यही है कि ग्रह जपकर्ता मनुष्य ग्रहधातु अंकित यन्त्र, प्रतिमा और अंगूठी सभी वस्तुओं का एक साथ पूजन कर अंगूठी अपनी ग्रह उंगली में पहन कर जप प्रारम्भ करे। अब हम सूर्यादि क्रम से सभी ग्रहों का यथाक्रम वर्णन सूक्ष्म रूप से यहाँ लिखकर यथास्थान विस्तृत रूप से करेंगे।

सूर्यग्रह—सूर्य पीड़ा निवारणार्थ जप करने वाले मनुष्य को चाहिये कि वह रविवार से अपना जप आरम्भ करे और रविवार को ही समाप्त करे। इसी प्रकार चन्द्रमा का जप सोमवार से प्रारम्भ करे और सोमवार को ही समाप्त करे। इसी प्रकार, मंगल का मंगल से, बुध का बुध से, गुरु का बृहस्पति से, शुक्र का शुक्र से, शनि का शनिवार से ही जप प्रारम्भ करे और समाप्त भी उसी दिन करे। अपने जाप का क्रम इस प्रकार बनाये ताकि ठीक समय पर ही समाप्त हो। जप के बढ़ जाने से लाभ ही रहता है। घटना ठीक नहीं होता। जप जितना पहले दिन किया है उतना ही रोज करते रहना चाहिये। घटाना किसी प्रकार भी उचित नहीं। समयानुकूल बढ़ाया जा सकता है किन्तु बढ़ा हुआ जाप घटाया नहीं जा सकता। इसलिये पहले से ही जप क्रम-नियम-समय बद्ध होना आवश्यक है।

जप प्रारम्भ करने से पहले माला का संस्कार होना अति आवश्यक है। माला रुद्राक्ष, स्फटिक, तुलसी, चन्दनादि किसी की भी क्यों न हो। नये रेशम के बटे हुए धागे में ही पोई हुई होनी चाहिये ताकि जाप के मध्य में टूट कर जपकर्ता को धोखा न दे सके। आसन कुश का ही सर्वोत्तम रहता है उसपर ऊन का आसन भी लगाया जा सकता है। निरन्तर अनुष्ठानकर्ता को अर्श रोग न उत्पन्न हो जाय इसलिये सावर किया हुआ कृष्ण मृगचर्म या बाघचर्म भी आसन पर बिछा कर जप करने का विधान पाया जाता है। यूँ तो प्रत्येक ग्रह की दिशा निरूपण होती ही है। फिर भी यदि न ज्ञात हो तो पूर्व या उत्तराभिमुख बैठकर ही जप करना ठीक रहता है। यही सर्वोत्तम साधन है। जो मनुष्य पूर्ण रूप से समर्थ हैं उनको तो यथाविधि उपर्युक्त कार्य करने ही चाहिये किन्तु जो व्यक्ति ग्रहपीड़ित

तो हैं किन्तु पूर्णरूप से व्यय करने में समर्थ नहीं हैं उनको चाहिये कि अपने जप का दशांश दैनिक जप के साथ ही जप रूप में ही करते जांय ताकि पुरश्चरण की समाप्ति पर साधारण रूप से उसी दिन के जाप का दशांश शेष रह जाय। इस प्रकार कार्य करते रहने से अनुष्ठान भारस्वरूप नहीं हो पायेगा। पितृपक्ष (श्राद्धों) में किया शुभ कर्म शुफलदायक नहीं होता। नवरात्रों का किया गया जप सम्बन्धी शुभ कर्म शीघ्र शुभफलदायक होता है। इसलिये वर्ष में दो बार आये नवरात्रों को हाथ से खाली नहीं जाने देना चाहिये। स्वयं अपने आप किये गये जप-तप का फल किसी ब्राह्मण या अन्य व्यक्ति द्वारा किये गये जप से विशेष फलदायक रहता है। इसलिये शीघ्र सफलता चाहने वाले व्यक्ति को स्वयं ही अनुष्ठान करना चाहिये।

हम पहले लिख आये हैं कि किसी भी शुभ कर्म का अनुष्ठान अपने कुलगुरु ब्राह्मण की संरक्षकता में ही होना चाहिये किन्तु जो मनुष्य समयाभाव, धनाभाव तथा किसी और कारण से उपर्युक्त षोडशोपचार नहीं कर सकते, उन्हें चाहिये कि वे ग्रह स्तुति, जप और अन्त में मंगल स्तोत्र कर अपने जप को अन्तिम चरण प्रदान करे। अन्तिम दिन एक माला जप का हवन, सूक्ष्मदान, श्रद्धा भक्ति पूर्वक ब्राह्मण को भोजन-दक्षिणा देकर आशीर्वाद पुष्प प्राप्त करें और शीष पर चढ़ायें। ब्राह्मणाभाव में भूयसीरूप में, किसी भी निर्धन, गरीब, अपाहिज-जरूरतमन्द सत्पात्र को खिला-पिलाकर सन्तुष्ट कर शुभाशीष प्राप्त करें। जो कि कष्ट निवारण में अवश्य ही सहायक रहेगा। इनमें जीव हिंसा का निषेध है। पाठक इस पुस्तक का आद्योपान्त अध्ययन करने के पश्चात् अपने गुरु की आज्ञानुसार ग्रहविशेष की दी हुई विधि के अनुसार अनुष्ठान, पूर्व-उत्तर के कोने में दीप ज्योतितकर, सुगन्धित अगरबत्ती, धूप, कपूर आदि से पूर्ण कमरे में, एकान्त शान्तमन से प्रारम्भ करें। निर्विघ्न सम्पूर्ण हुआ अनुष्ठान शीघ्र फल दायक होता है। जप के मध्य में माला का टूटना, दीप का बुझना; भारी अपशगुन है। इसलिये प्रत्येक कार्य बहुत सावधानी से करना चाहिये। निर्धन, सन्तोषी, लालसारहित, ईर्षाद्वेषादि दुर्व्यसनों से रहित ब्राह्मण द्वारा अपने ही घर पर, भोजनादि की समुचित व्यवस्था द्वारा किया

गया पुरश्चरण किसी सीमा तक सफलता प्रदान करने वाला होता है। जो कि धनिकों द्वारा सहज कराया जा सकता है।

अन्त में यहाँ इतना कह देना और भी आवश्यक समझता हूँ कि पुरश्चरण किसी भी देवालय, शुद्ध पवित्र स्थान, वन-उपवनादि कहीं भी किया जा सकता है। इस समय मनुष्य को ब्रह्मचर्य, सत्य भाषण, एक समय भोजन, पृथ्वी शयन आदि के साथ-साथ लड़ाई, झगड़ा, काम क्रोध, लोभ मोह और मत्सरादि को अपने वश में रखने का निरन्तर प्रयास करना चाहिये। जो मनुष्य कार्य प्रारम्भ करने से प्रथम ही उसका शंख बजा देते हैं उनके कार्य में अक्सर-अचानक बाधायें आ उपस्थित हो जाती हैं जिस कारण सफलता प्राप्त नहीं होती। विफलता मनुष्य के विचारों में परिवर्तन लाकर उसे नास्तिक बना देती है और वह मनुष्य अर्धविक्षिप्त की भाँति कुछ से कुछ कह तथा कर बैठता है। जिसका परिणाम कभी-कभी बड़ा भयंकर हो जाता है। इसलिये अनुष्ठान कर्ता को अपना जीवन सादगी पूर्ण सौम्य तथा शान्ति में व्यतीत करना चाहिये।

अन्त में यहाँ इतना और कह देना अत्यन्त आवश्यक समझता हूँ कि किसी भी देवी का मन्त्र ३२ लाख जप करने के पश्चात् ही अपना पूर्ण प्रभाव दिखाता है और यदि किसी भी देवी का एकाक्षरी मन्त्र ही जपना है तो सवा करोड़ करने के पश्चात् ही उसके प्रभाव की प्रतीक्षा करनी चाहिये। यही अनुभवजन्य है जो मनुष्य अपूर्ण या अधूरा जाप छोड़ देते हैं वे यदि सम्पूर्णतया की भर्त्सना करें तो केवल अपवाद ही होगा। उनको न शक्ति ही प्राप्त होगी न लक्ष्मी ही और न वाक्य सिद्धि ही प्राप्त होगी। मन्त्रों पर विश्वास करने वाले बन्धुओं को अपनी अभीष्ट सिद्धि के लिये पूर्ण रूप से तत्परता के साथ तन्मयता के साथ अपने इष्टदेव की आराधना करनी चाहिये इष्ट की प्रसन्नता ही काम से लेकर मोक्ष पर्यन्त सब कुछ प्रदान करने वाली है।

क्षमा-प्रार्थना का दैनिक पाठ जो भी मनुष्य करता है उसकी पूजा, आराधना त्रुटिपूर्ण होने पर भी क्षमा होकर सम्पूर्ण कार्य में सिद्धि प्राप्त होती है फिर भी जो मनुष्य अनुष्ठान रूप पुरश्चरण, मन्त्र द्वारा किसी भी कार्यसिद्धि के लिये

करना चाहते हैं उन्हें नित्य पुरश्चरण आसन पर बैठते ही और दैनिक मन्त्र संख्या समाप्ति पर, दोनों समय क्षमा प्रार्थना अवश्य करनी चाहिये इससे मनुष्य में धैर्य, शान्ति, सन्तोष, सुख के साथ-साथ कार्य निर्विघ्न समाप्त होने के लिये अत्यधिक बल प्राप्त होता है।

सखेद यहाँ एक बात लिख देना और भी आवश्यक समझता हूँ कि इस कर्म काण्ड के विषय में जितना भी लिखा जाय उतना ही थोड़ा है क्यों कि वेदों से लेकर दशकर्म पद्धति तक पूजा के इतने उपचार हैं कि अनेक मनुष्य बाह्याडम्बर के भय से न तो अनुष्ठानादि कर ही पाते हैं और न इस विषय की पुस्तक पढ़ना ही पसन्द करते हैं। इन सभी बातों को ध्यान में रखते हुए हमने आराधना के सूक्ष्मतम रूप को इस पुस्तक में लिखकर जन साधारण की पूजा का माध्यम स्थिर करने का प्रयत्न किया है। इसीलिये पुरश्चरणादि कर्ताओं को किसी न किसी गुरु, कर्मकाण्डी आदि की संरक्षकता प्राप्त करने की प्रेरणा दी है। पाठक स्वबुद्धि के अनुसार सूक्ष्म से सूक्ष्मतर उपचारों को अपनाकर अपने अभीष्ट की प्राप्ति का ध्येय धारण करें और मंगलमय सुख, शान्ति सन्तोष की प्राप्ति कर अपने जीवन को बनायें और अपने अनुभव जन्य ज्ञान द्वारा, दूसरे मनुष्यों की सफलता में सहायक होकर परमार्थ लाभकर अपना मोक्षमार्ग प्रशस्त कर कैवल्य के बदन में विलीन होकर सदैव-सदैव के लिये जन्म-मरण के कर्म बन्धन से मुक्त होने के लिये आनन्द से विचरण करें, तभी जीवन अबाध गति से प्रगति पथ पर आरूढ़ हो सकता है। इसके अपनाने में कोई भी सन्देहात्मक मनोवृत्ति शेष नहीं रहती। किम् अधिकिम्

विनीत

चन्द्रदत्त पन्त

काशीपुर-नैनीताल

विषय-सूची

ॐ

श्री गणेशाय नमः

चिह्न परिचय

जिस किसी के जन्म पत्र में सूर्य-मंगल के साथ, मेष १, सिंह ५, वृश्चिक ८ और मकर १० राशियों में किसी एक भी राशि में अपने पूर्णांश पर बैठा हो तो उस मनुष्य के शरीर में रक्त (लाल) चिह्न कहीं न कहीं अवश्य होता है। यदि ये दोनों ग्रह उपर्युक्त राशियों में लग्न, द्वितीय अथवा द्वादश (१–२–१२) भावों में से किसी भी एक भाव में हों तो उस मनुष्य के सिर से गर्दन पर्यन्त कहीं न कहीं यह लाल, काला चिह्न या दाग़ अवश्य होगा। इसी प्रकार यदि सूर्य-मंगल का प्रवेश ३, ४, ५, ९, १०, ११ आदि भावों में उपर्युक्त राशि गत कथित भावों में होगा तो मनुष्य के जाँघों से ऊपर कन्धे पर्यन्त कहीं भी इस प्रकार का लाल चिह्न होगा। इसी प्रकार, सूर्य-मंगल का एक साथ प्रवेश ६, ७, और ८वें भाव में से किसी भी एक में होगा तो अवश्य ही आदमी के जाँघों से लेकर पैर के तलुओं तक अवश्य ही लाल चिह्न होगा।

इस लाल चिह्न को निश्चित करने के लिये कुशल ज्योतिषी को चलित चक्र का अवलोकन करना अत्यन्त आवश्यक है क्योंकि चलित चक्र में सूर्य या मंगल में से किसी भी एक ग्रह के भाव विचलित हो जाने पर शायद उपर्युक्त भाव फलादेश में अन्तर आ जाय। इसलिये व्यवहार कुशल ज्योतिषी को उचित है कि वह अपने कथित प्रमाण को सभी प्रकार से पुष्ट करके फलादेश को कहे ताकि किसी भी प्रकार की त्रुटि शेष न रहे और चार मनुष्यों के बीच लज्जित होने की आशंका न रहे। अब हम इन ही चिह्नों की प्रमाण पुष्टि में अनेक ग्रहों के अनेक भावों से सम्बन्धित होने पर जैसे जैसे चिह्न जिस जिस स्थान पर होंगे स्पष्ट रूप से लिखने का प्रयास करेंगे ताकि ज्योतिषी और जातक दोनों को ही सविश्वास स्पष्ट प्रमाण प्रत्यक्ष रूप से प्राप्त हो सके।

जिस मनुष्य के जन्म लग्न में उच्च (मकर) का मंगल अपने उच्चांश पर बैठा हो और सप्तम स्थान में बृहस्पति या शुक्र अथवा ये दोनों ही बैठे हों तो जातक के २, ४, ५, ७ और ९ वर्षों में कभी भी चोट लगने के कारण घाव का चिह्न सिर में दिखाई देगा। या फिर जन्म में ही उसके सिर या माथे में कोई न कोई निशान अवश्य ही दिखाई देगा।

जिस जातक के जन्म लग्न में मंगल बैठा हो और सप्तम स्थान में शुक्र शनि तथा बृहस्पति में से कोई दो ग्रह अवश्य बैठे हों तो उस जातक के सिर में निश्चय पूर्वक चोट लग कर घाव बनने का निशान हो जायगा। हो सकता है कोई जन्म-जात चिह्न हो लेकिन यह निर्विवाद कहा जा सकता है कि उसकी जन्म महादशा मंगल के अन्दर जब शनि का अन्तर आयेगा तो जातक के सिर में चोर, डाकू, लुटेरे, ठग या आपसी कलह, लड़ाई के कारण घाव हो जायेगा।

पूर्ण बली मंगल जिस मनुष्य के जन्म लग्न में अपने शत्रु ग्रहों के साथ बैठा हो अथवा शुक्र चन्द्रमा दोनों साथ बैठे हों तो उस मनुष्य के मंगल के बली होने पर नौवें वर्ष, शुक्र के बली होने पर दूसरे वर्ष और चन्द्रमा के बली होने पर छठे वर्ष घाव होता है या फिर चमकने वाला, मस्सा, लहसन, बड़ा सा तिल प्राकृतिक रूप से भी हो सकता है। जिस मनुष्य के जन्म लग्न में शुक्र बली होकर बैठा हो और अष्टम स्थान में राहु बैठा हो तो उस मनुष्य के माथे या कान में किसी न किसी प्रकार का चिह्न जन्मजात होता है।

जिस जातक के जन्म लग्न में बृहस्पति राहु के साथ बैठा हो और अष्टम स्थान में शनि आदि पाप ग्रह बैठे हों अथवा जन्म लग्न में सूर्य बैठा हो और तीसरे स्थान में शनि मंगल एक साथ बैठे हों तो उस मनुष्य के प्राकृतिक रूप से यदि कोई भी चिह्न कमर में न हुआ तो निश्चयपूर्वक कभी चोट लगने पर अथवा किसी फोड़े फुन्सी आदि के होने पर घाव का चिह्न बन जाता है।

यदि किसी मनुष्य के जन्म लग्न में शनि मंगल बैठे हों और चतुर्थ स्थान में शुक्र राहु बलवान बैठे हों तो उस जातक के पाँव में चोट लग कर अथवा प्राकृतिक रूप से पाँव के तलुए अथवा टखने आदि में कहीं न कहीं कोई न कोई चिह्न अवश्य होता है।

जिस मनुष्य के तीसरे, छठे और ग्यारह (३, ६, ११) स्थान में से किसी भी एक स्थान पर बुध बैठा हो और नवम स्थान में चन्द्रमा और बारहवें स्थान में बृहस्पति बैठे हों तो उसकी गुदा या उसके समीप किसी न किसी प्रकार का चिह्न होता है : हो सकता है कि उसे अर्श रोग हो जाय। यदि मंगल लग्न या बारहवें स्थान में बैठा हो तो निश्चय से उसे अर्श (बवासीर) रोग से तकलीफ होती रहेगी।

यदि किसी मनुष्य के ३, ६, ११ और १२ वें स्थान में से किसी एक स्थान में मंगल शक्र के साथ बैठा हो तो उस मनुष्य के बाँये बगल में कोई चिह्न हो अथवा चोट लगने से कोई निशान बन जाय।

जिस मनुष्य के जन्म लग्न में मंगल हो पाँचवें या नवें स्थान में शनि बैठा हो जिस पर शुक्र की पूर्ण दृष्टि हो अर्थात्, शुक्र उस शनि को पूर्ग दृष्टि से देखता हो तो उस मनुष्य को यदि अर्श रोग न हो तो निश्चयपूर्वक कहा जा सकता है कि उसको गुदा के समीप या लिंग स्थान पर कोई न कोई चिह्न अवश्य होगा।

जिस जातक के लग्न या चतुर्थ स्थान में शनि बलवान बैठे हों पंचम या नवम में से किसी एक स्थान में शुक्र बैठे हों और अष्टम स्थान में बुध और बृहस्पति दोनों ही बैठे हों तो उस मनुष्य के पेट में किसी न किसी प्रकार का चिह्न अवश्य होता है।

जिस मनुष्य के अष्टम स्थान में मंगल हो और छठे स्थान में बृहस्पति मीन का या कर्क का बलवान हो तो उस मनुष्य को रक्त विकार की बीमारी होती है। मंगल यदि लग्न, चतुर्थ, सप्तम, अष्टम और द्वादश भाव में से किसी भी भाव में बैठा हो, राहु या केतु अथवा शनि भी उसके साथ हो तो निश्चयपूर्वक उसको, अर्श, रक्तचाप, रक्त विकार आदि के रोग होते हैं।

यदि किसी मनुष्य के जन्मपत्र में सूर्य मंगल कर्क राशि गत एक भाव में बैठे हों तो मनुष्य का लाल सा चिह्न प्राकृतिक रूप से होगा जैसा कि अक्सर देखने में आता है कि किसी के चेहरे (आनन-मुंह) में लालिमा होती है किसी के हाथ में और किसी के पैर में। यह चिह्न शरीर के जिस भाग में होगा जन्मपत्र में, जो कि १२ भावों से भरा है, दिये हुए शरीर के अवयव के अनुसार ही होगा। यह

देखने वाले की अपनी जांच दृष्टि पर निर्भर है। यह चिह्न, तिल, मस्सी आदि या घाव के रूप भी हो सकता है।

जिस प्रकार सूर्य मंगल का योग लाल चिह्न को बताता है उसी प्रकार शनि राहु एक स्थान पर होने से श्याम या काले तिल या मस्से के रूप में हो सकता है। लग्न, दूसरा भाव और द्वादश भाव शरीर का ऊपरी भाग समझना चाहिए। चतुर्थ, पंचम, तीसरा और नवम, दशम, और एकादश स्थान को शरीर का मध्य भाग अर्थात् गर्दन से नीचे और जांघों से ऊपर वाला भाग समझना चाहिये छठा, सातवां और आठवां स्थान जांघों से नीचे अर्थात पैर के तलुओं तक का भाग समझना चाहिये।

जिस मनुष्य के लग्न में चन्द्रमा, मंगल और शुक्र होगा उसके माथे या ललाट अथवा, मुँह गर्दन से सिर पर्यन्त रक्तिम श्वेत चिह्न दिखाई देगा। इसी प्रकार राहु, शुक्र शनि मंगल का योग भी स्थान-भाव के अनुसार चिह्न प्रदर्शित करता है।

यदि किसी मनुष्य के जन्मपत्र में पांचवें और नवें स्थान में शुक्र हो, लग्न तथा चतुर्थ भाव में शनि हो साथ ही अष्टम स्थान में वुध और बृहस्पति हो तो उस मनुष्य के पेट पर किसी न किसी प्रकार का निशान अवश्य होता है।

जिस मनुष्य के लग्न में नीच का या उच्च का अथवा स्वगृही मंगल बैठा हो त्रिकोण में कहीं भी शनि हो तो उस मनुष्य के लिंग या गुदा के समीप चिह्न होता है।

जिस जातक के जन्मपत्र में यदि सूर्य षष्ठेश होकर लग्न में हो या अष्टम स्थान में हो तो उस मनुष्य के सिर में घाव या लहसन आदि का चिह्न होता है। यदि चन्द्रमा षष्ठेश होकर १, ८ में हो तो मुँह में, यदि मंगल षष्ठेश होकर १, ७ में हो तो कण्ठ में, यदि बुध हो तो छाती में और यदि बृहस्पति षष्ठेश होकर लग्न या अष्टम में हो तो नाभि में चिह्न या निशान कहना चाहिये। शुक्र यदि षष्ठेश होकर १, ८ स्थान में हो तो नेत्र और पीठ पर इसी प्रकार शनि से पांव में, राहु केतु से निचले ओठ पर किसी प्रकार का चिह्न होता है।

बुढ़ापे में विवाह योग

जिस पुरुष जातक के जन्मपत्र में शुक्र और बुध दोनों ही सप्तम भाव में कन्या राशि या मीन राशि में बैठे हों तो वह पुरुष स्त्री-हीन होता है। यदि उपर्युक्त योग सप्तम स्थान में मीन राशि पर बनता हो और साथ ही उस सप्तम स्थान को कर्क का बृहस्पति एकादश स्थान पर बैठ कर पूर्ण दृष्टि से देखता हो तो उस पुरुष को अपनी वृद्धावस्था या बुढ़ापे में विवाह द्वारा अथवा जार योग से स्त्री का लाभ हो जाता है अथवा वह व्यक्ति किसी भी स्त्री के प्रेम पाश में बँध कर अपना अनुचित सम्बन्ध स्थापित कर लेता है।

जिस स्त्री के जन्मपत्र में सप्तम स्थान में शनि का नवांश होता है तो उस स्त्री को वृद्ध पति की प्राप्ति होती है।

जिस मनुष्य के जन्मपत्र में सप्तम स्थान में स्त्री पुरुष ग्रह समान बली बैठे हों और साथ ही लग्न में शनि मंगल, बैठे हों और उनको बृहस्पति, शुक्र या बुध देखता हो ऐसे योग वाला पुरुष अपनी वृद्धावस्था में किसी वृद्ध स्त्री से सम्बन्ध स्थापित कर अपना सुखमय जीवन व्यतीत करता है।

यदि किसी पुरुष जातक के जन्मपत्र में सप्तम स्थान में तुला का शुक्र बुध सहित बैठा हो और उसे बृहस्पति पूर्ण दृष्टि से देखता हो तो इस योग वाले पुरुष को बुढ़ापे में स्त्री की प्राप्ति होती है।

जिस पुरुष जातक के जन्मपत्र में छठे स्थान में सबल शनि बैठा हो इसी प्रकार अष्टम स्थान में मंगल बली हो अथवा छठे स्थान में मंगल और अष्टम स्थान पर शनि बलवान बैठा हो तो ऐसे योग वाले पुरुष को गर्भवती स्त्री की प्राप्ति होती है।

यदि किसी पुरुष जातक के जन्म लग्न से सप्तम स्थान में शनि बुध बैठे हों या सप्तम में शनि चन्द्रमा इन दोनों में से कोई भी ग्रह अपने नीचांश में हो तो ऐसे योग वाले पुरुष को पुनर्विवाहित स्त्री से विवाह करना पड़ता है। कारकांश लग्न से सप्तम स्थान में शनिश्चर बैठा हो तो अपनी अवस्था से बड़ी अवस्था वाली स्त्री से विवाह करना पड़ता है। कारकांश लग्न से सप्तम यदि राहु बैठा हो तो

ऐसे योग वाले पुरुष को विधवा से विवाह करना पड़ता है या विधवा स्त्री को घर में रखना पड़ता है या फिर उससे प्रेम करके प्रेमिका बनाना पड़ता है।

जिस मनुष्य के जन्म पत्र में सप्तम भाव में नीचका शनि हो और मंगल का नवांश लग्न में हो तो वह मनुष्य किसी वृद्ध स्त्री में आसक्त होता है।

निः सन्तान योग

जिस मनुष्य के जन्मपत्र में पंचम स्थान अपने अधिपति से दृष्ट न होकर पाप ग्रहों से जैसे शनि, राहु और केतु से दृष्ट हो तो उसके सन्तान नहीं होती हैं और यदि हो भी जाय तो जीवित नहीं रहती।

जिस मनुष्य के जन्मपत्र में पंचम या सुत भाव में पाप ग्रह की राशि हो स्व-स्वामी को छोड़ कर दूसरे पाप ग्रह बैठे हों और दूसरे पाप ग्रह उसको देखते हों तो ऐसे योग वाले मनुष्य को सन्तान हानि योग ही रहता है।

जिस स्त्री के जन्मपत्र में पंचम स्थान में नीच का चन्द्रमा केतु या राहु युक्त हों शनि सप्तम या द्वादश स्थान में बैठा हो तो वह स्त्री पुत्रहीन होती है।

यदि किसी मनुष्य के जन्मपत्र में भाग्येश या नवमेश, द्वादश (बारहवें) भाव में बैठा हो, लग्नेश अस्त का होकर बैठा हो साथ ही जन्म राशीश, पाप ग्रहों के साथ छठे, आठवें स्थान में बैठा हो तो वह मनुष्य निःसन्तान ही मरता है। इसके अतिरिक्त, सूर्य, चन्द्रमा, मंगल, शुक्र और शनिश्चर लग्न के अतिरिक्त सभी केन्द्रों में (४, ७, १०) स्थित हो तो वह मनुष्य निर्वंश ही रहता है।

जिस स्त्री के जन्मपत्र में सप्तम स्थान में पाप ग्रह की राशि पाप ग्रहों से दृष्ट तथा युक्त दोनों ही हो तो वह स्त्री निःसन्तान होती है।

यदि किसी भी स्त्री पुरुष जातक के जन्मपत्र में वृश्चिक राशि में चन्द्रमा और शुक्र बैठे हों, पंचम स्थान में सप्तमेश बैठा हो, सप्तम स्थान में मंगल बैठा हो लग्न में कोई पाप ग्रह हो तो ऐसे योग वाले पुरुष को यह योग स्त्री पुत्र से रहित करता है और स्त्री के यह योग होने पर उसे पति-पुत्र से रहित करता है।

जिस स्त्री या पुरुष के जन्मपत्र में पंचमेश और सप्तमेश बलवान होकर पंचम स्थान में बैठे हों और षष्ठेश नीच का उनको देखता हो अथवा उनसे युक्त हो तो ऐसे योग वाले जातक के पुत्र नहीं होता है।

यदि किसी मनुष्य के जन्मपत्र में पंचमेश, सप्तमेश और नवमेश क्रमशः छठे आठवें और बारहवें (६, ८, १२) में बैठे हों और किसी भी शुभ ग्रह से दृष्ट न हों तो अनेक विवाह कर लेने पर भी उसके पुत्र उत्पन्न नहीं होता है।

जिस मनुष्य के जन्मपत्र में बृहस्पति लग्न से पंचम स्थान में प्रतिष्ठित हो और बृहस्पति से पंचम स्थान में कोई पाप ग्रह जैसे शनि, राहु और केतु में से कोई एक या दो पाप ग्रह बैठे हों तो ऐसे योग वाला जातक निःसन्तान होता है।

यदि किसी जातक के जन्मपत्र में गुरु से पंचमेश छठे, आठवें या बारहवें स्थान में हो तथा यदि पंचमेश, नवमेश, और लग्नेश, लग्न से छठे, आठवें या बारहवें भाव में हो तो उसके पुत्र नहीं होता है। और यदि बृहस्पति से पंचम स्थान में पाप ग्रह हों और बृहस्पति लग्न से पंचम स्थान में हो तो ऐसे योग वाला मनुष्य निःसन्तान होता है।

नोट :—

यह बात विशेष रूप से ध्यान देने योग्य है कि स्वक्षेत्री शनि यदि पंचम भवन में हो तो उसके एक पुत्र विलम्ब से होता है उसकी स्त्री काकवंध्या होती है और वह शनि यदि बृहस्पति या शुक्र से दृष्ट हो तो अनेक सन्तान देता है। यदि सूर्य सिंह राशि का और मंगल मेष या वृश्चिक का पंचम स्थान में हो तो ये दोनों भी जातक को एक २ पुत्र की प्राप्ति करवाते हैं, कुम्भ का शनि पंचम स्थान में ५ पुत्र देता है।

वैधव्य योग

जिस स्त्री के जन्मपत्र में चन्द्रमा से सप्तम स्थान पर सूर्य, मंगल, शनि और राहु एक साथ बैठे हों अर्थात् चन्द्रमा को ये चारों ग्रह देखते हों तो उस स्त्री को विधवा किये बिना नहीं रहते। यह स्मरण रहे कि ऐसे योग में चन्द्रमा के साथ केतु अवश्य ही रहेगा, हो सकता है कि उस स्त्री का जन्म ग्रहण लगती पूर्णिमा का हो।

जिस स्त्री के जन्मपत्र में मेष या वृश्चिक राशि, अष्टम या बारहवें स्थान में राहु–शनि से युक्त हो तो वह स्त्री निश्चय ही विधवा हो जायेगी।

जिस स्त्री के जन्मपत्र में लग्न और सप्तम भाव दोनों में पाप ग्रह हो और कोई भी शुभ ग्रह उनको न देखता हो साथ ही सप्तमेश नीच, अस्त, तथा शत्रु राशि का हो, और चन्द्रमा भी दुर्भाग्य से छठे या आठवें स्थान में विराजमान हो तो वह स्त्री दस वर्ष के अन्दर ही वैधव्य योग को प्राप्त हो जाती है अर्थात् वह पति विहीन हो जाती है।

जिस स्त्री के जन्मपत्र में सप्तमेश, अष्टम स्थान में और अष्टमेश सप्तम स्थान में विद्यमान हो विशेषकर यदि सप्तमेश मंगल वृष का अष्टम स्थान में बैठा हो और अष्टमेश शुक्र सप्तम स्थान में मेष राशि पर बैठा हो अथवा सप्तमेश मिथुन का स्वामी होकर अष्टम स्थान में कर्क राशि का बैठा हो और अष्टमेश चन्द्रमा मिथुन राशि का सप्तम स्थान में बैठा हो अथवा सप्तमेश शुक्र वृश्चिक राशि में अष्टम स्थान में और अष्टमेश मंगल सप्तम स्थान में तुला का बैठा हो अर्थात सप्तमेश और अष्ठमेश शत्रु ग्रह अन्य योग्य स्थान को प्राप्त हों तो यह योग बालवैधव्य योग बनाता है।

यदि किसी स्त्री की जन्मपत्री में सप्तम या अष्टम स्थान में अथवा चन्द्रमा से सप्तम अष्टम स्थान में सूर्य, मंगल, राहु और शनि या राहु के स्थान में केतु बैठा हो तो ऐसे योग वाली स्त्री अवश्य ही विधवा हो जाती है।

वृष लग्न वाली किसी भी स्त्री के जिसके द्वादश भाव में मेष राशि है अथवा मेष लग्न वाली स्त्री के जिसके अष्टम में वृश्चिक राशि है, अथवा अष्टम स्थान में मेष राशि या द्वादश भाव में वृश्चिक राशि है इन दोनों भावों में से किसी भी एक स्थान में राहु + शनि बैठे हों और मंगल उन्हें देखता हो तो वह स्त्री अवश्य ही विधवा हो जायेगी।

जिस स्त्री के जन्मपत्र में लग्न या सप्तम स्थान में पाप ग्रह दो या तीन बैठे हों और क्रूर ग्रह (सूर्य मंगल) उन्हें देखते हों तो ऐसे योग वाली वैधव्य को शीघ्र प्राप्त होती है साथ ही नीच का या शत्रु राशि का क्षीण चन्द्रमा छठे भाव में विराजमान हो।

यदि किसी स्त्री जातक के जन्मपत्र में अष्टमेश, सप्तम भाव में और सप्तमेश अष्टम स्थान में सपाप बैठा हो और क्रूर ग्रह मंगल या सूर्य दोनों से ही दृष्ट हो तो ऐसे योग वाली स्त्री अपनी तरुणावस्था में वैधव्य को प्राप्त होती है। इसी प्रकार यदि उसके छठे और आठवें भाव के अधिपति छठे या बारहवें स्थान में पाप ग्रह से युक्त या दृष्ट बैठे हों तो भी वह युवावस्था में वैधव्य को प्राप्त होती है।

जिस स्त्री के जन्मपत्र में अष्टमेश के नवांश का मालिक पाप ग्रह अष्टम स्थान में गया हो तो वह ग्रह अपनी दशान्तर्दशा में उपर्युक्त स्त्री को विधवा बनाता है।

जिस स्त्री के जन्मपत्र में नीच का यानी कर्क राशिगत मंगल सप्तम भाव में पाप दृष्ट बैठा हो तो यह योग जिस स्त्री के होगा उसे बाल विधवा किये बिना नहीं रहता। शुभग्रह की दृष्टि युति इस योग का परिहार करती है।

पति आज्ञा से व्याभिचारिणी योग

जिस स्त्री के जन्मपत्र में शनि मेष राशि का सप्तम स्थान में राहु या केतु के साथ बैठा हो और कर्क राशि का मंगल दशम स्थान में बैठा हो और सूर्य तुला का लग्न में सप्तम स्थान को पूर्ण दृष्टि से देखता हो तो वह स्त्री अपने पति की आज्ञा से नियोग को प्राप्त होती है।

यदि किसी स्त्री के जन्मपत्र में सप्तम स्थान में कर्क का मंगल, शुक्र या चन्द्रमा के साथ हीन अंश पर बैठा हो और मकर का बृहस्पति उनको देखता हो तो ऐसे योग वाली स्त्री अपने पति की आज्ञा से किसी दूसरे मनुष्य से संसर्ग करती है और व्यभिचार को प्राप्त होती है।

जिस स्त्री के जन्मपत्र में नीच का चन्द्रमा शुक्र और मंगल के साथ सप्तम भाव में विराजमान हो तो ऐसे योग वाली स्त्री अपने पति की आज्ञा के अनुसार नियोग धारण करने परपुरुष के पास जाती है।

यदि किसी स्त्री के जन्म पत्र में षष्ठेश, छठे घर का अधिपति अष्ठमेश, आठवें भाव का स्वामी तथा नवमेश, भाग्य या नवें स्थान का मालिक ये तीनों ही

अधाश्वर शनि राहु, केतु और नीच के मंगल से दृष्ट तथा युक्त हों तो वह स्त्री परपुरुष के साथ रमण करने वाली व्यभिचारिणी होती है।

जिस स्त्री के जन्मपत्र में अष्टमेश मंगल या अष्टमेश शनि अष्टम ही स्थान में पाप या क्रूर दृष्ट बैंठे हों तो वह स्त्री भी पापरत व्यभिचारिणी होती है।

यदि किसी स्त्री जातक के जन्मपत्र में चन्द्रमा मंगल और शुक्र ये तीनों ही सप्तम भाव में बैंठे हों अथवा सूर्य चन्द्रमा ये दोनों ही सप्तम भाव में बैंठे हों और इनमें से कोई भी ग्रह अपनी नीच राशि का हो तो निश्चय ही वह स्त्री अपने पति की आज्ञा से परपुरुष से समागम करने वाली होती है।

जिस स्त्री के जन्मपत्र में १, ८, १०, ११ के लग्न में शुक्र और चन्द्रमा बैंठे हों राहु या केतु सप्तम हो अथवा सप्तम में शुक्र चन्द्रमा हो राहु लग्न में हो तो वह स्त्री अपनी माता सहित व्याभिचारिणी होती है।

जारज (परपुरुष से) सन्तान योग

जिस जातक के जन्मपत्र में पंचम स्थान में शनि की राशि मकर या कुम्भ राशि हो और वह बुध मंगल सूर्य से दृष्ट हो, या बुध की राशि हो और वह शनि से पूर्ण दृष्ट हो तो उससे अर्थात् इस योग वाले पुरुष ने अपनी स्त्री के दूसरे पुरुष के वीर्य से उत्पन्न सन्तान समझनी चाहिये।

यदि किसी स्त्री या पुरुष के जन्मपत्र में पंचमेश और सप्तमेश सप्तम स्थान में बलवान बैंठे हों षष्ठेश से दृष्ट या युक्त हों और विशेषकर बृहस्पति उनको पूर्ण दृष्टि से देखता हो तो निश्चय पूर्वक उस स्त्री या पुरुष की सन्तान जारज होगी।

जिस मनुष्य के जन्मपत्र में सप्तमेश यदि शनि राहु और केतु में से किसी एक ग्रह के साथ अथवा दो ग्रहों के साथ दूसरे स्थान में बैठा हो इसके अतिरिक्त मंगल उसे देख रहे हों यदि मंगल उच्च का या नीच का हो तो विशेष रूप से, उस स्त्री या पुरुष की सन्तान जार से उत्पन्न होगी, कहा जा सकता है।

जिस मनुष्य के जन्मपत्र में चतुर्थ नीच का चन्द्रमा पाप ग्रहों – राहु, केतु और शनि में से किसी एक से भी दृष्ट या युक्त हो तो वह जातक परजात होता है।

यदि किसी मनुष्य के जन्मपत्र में दूसरे तीसरे पांचवें और छठे स्थान के अधिपति लग्न में विराजमान हो तो वह जातक परजात होता है।

जिस मनुष्य के जन्मपत्र में सूर्य मंगल लग्न में हों सौम्य ग्रह अस्त हों और दशम (१० वें) में शनि हो तो वह मनुष्य वर्णसंकर होता है।

जब वृश्चिक में मंगल, पंच स्वर दशा के अन्तर्गत दशा में होता है तो ऐसे योग वाला व्यक्ति वर्णसंकर या परजात होता है।

जिस मनुष्य के जन्मपत्र में केन्द्र स्थान (१, ४, ७, १०) शून्य हो अर्थात् कोई भी ग्रह केन्द्र में न हो तो वह मनुष्य परजात होता है।

जिस मनुष्य के जन्मपत्र में सूर्य और चन्द्रमा लग्न में बैठे हों और मंगल सप्तम स्थान में हो तो वह मनुष्य परजात होता है।

यदि किसी जातक के जन्मपत्र में (२, ६, ८ और १२) स्थानों में ही समस्त ग्रह बैठे हों तो वह मनुष्य वर्णसंकर या परजात होता है।

जिसके जन्मपत्र में अस्तेश और लग्नेश एक ही स्थान में बैठे हों तो ऐसे योग वाला मनुष्य परजात होता है।

जिस मनुष्य के जन्मपत्र में दूसरे और छठे स्थान का स्वामी यदि लग्न में बैठे हों और वे किसी अन्य शुभ ग्रह से दृष्ट या युक्त न हों तो ऐसे जन्म पत्र वाला मनुष्य परजात होता हैं।

जिसके जन्मपत्र में क्षीण चन्द्रमा १, ४, और १० स्थान में केन्द्रवर्ती हो और लग्नेश से लग्न दृष्ट हो तो वह मनुष्य वर्णसंकर या परजात होता है।

जिसके जन्मपत्र में सूर्य लग्न में, राहु चतुर्थ में हो वह अपने चाचा की सन्तान होता और जिसके लग्न में राहु मंगल हों चतुर्थ स्थान में सूर्य चन्द्रमा हो तो वह मनुष्य शूद्र की सन्तान होता है चाहे वह किसी बड़े ही घर में क्यों न उत्पन्न हुआ है।

नोटः—यदि लग्नेश, लग्न में नीच, अस्त या नीचास्त न हो तो उपर्युक्त सभी फल नष्ट हो जाते हैं।

जिस मनुष्य के जन्मपत्र में छठे आठवें अर्थात् शत्रु भाव और मृत्यु भाव के मालिक चन्द्रमा और मंगल के साथ, मातृ भाव चतुर्थ स्थान में बैठे हों ऐसे योग में उत्पन्न हुआ बालक जारज कहलाता है। अर्थात् माता का विवाह जिस मनुष्य से हुआ उसके अतिरिक्त किसी दूसरे ही मनुष्य के वीर्य से उत्पन्न हुआ समझना चाहिये।

यदि किसी मनुष्य के जन्मपत्र में सभी केन्द्रेशों का योग तृतीयेश के साथ अर्थात् लग्नेश चतुर्थेश सप्तमेश और दशमेश तीसरे स्थान के स्वामी के साथ जो कि नीचस्थ हो किसी भी स्थान पर समागम होने पर वह मनुष्य जारज होता है।

जिस मनुष्य के जन्मपत्र में द्वितीयेश, तृतीयेश, पंचमेश और षष्ठेश चारों ही भाव के अधिपति यदि लग्न में बैठे हों तो उस मनुष्य को जारज सन्तान कहना चाहिये। इन चारों ग्रहों में से यदि कोई भी ग्रह नीच या अस्त का हो तो निस्सन्देह वह मनुष्य पर पिता से उत्पन्न हुआ जानना चाहिये।

यदि किसी मनुष्य के जन्म लग्न में राहु या केतु हो सप्तम स्थान में बुध गुरु और शुक्र में से कोई सा ग्रह बैठा हो, साथ ही दशम स्थान में शनि विराजमान हो तो ऐसे योग की कुंडली वाला मनुष्य अपने पिता के अतिरिक्त किसी दूसरे के वीर्य से उत्पन्न हुआ समझना चाहिये।

जिस मनुष्य के जन्मपत्र में लग्न में क्षीण चन्द्रमा हो तीसरे स्थान में नीच का मंगल बैठा हो साथ ही पंचम स्थान में कन्या का शुक्र उपस्थित हो तो उस मनुष्य को जारज अर्थात् पर पिता से उत्पन्न हुआ समझना चाहिये।

यदि किसी मनुष्य के जन्मपत्र में शुभ-अशुभ सभी ग्रह, २, ६, ८ और बारह १२ भाव में स्थित हों तो वह मनुष्य अपने पिता के अतिरिक्त दूसरे के वीर्य से उत्पन्न हुआ समझना चाहिये।

जिस मनुष्य के जन्मपत्र में चन्द्रमा राहु केतु और शनि से युक्त होकर लग्न में चतुर्थ स्थान में अथवा दशम स्थान में से किसी भी स्थान में बैठा हो और बृहस्पति उस चन्द्रमा को अथवा उस पत्री के लग्न को न तो देखता ही हो और न उसमें बैठा ही हो तो उस मनुष्य को जारज समझना चाहिये।

यदि किसी मनुष्य की जन्मपत्री में लग्नेश, चतुर्थेश, षष्ठेश, और नवमेश आठवें या बारहवें भाव में समीप के अंशों में बैठे हों तो उस मनुष्य को जारज समझना चाहिये अर्थात् वह माता के व्यभिचार से उत्पन्न हुआ होता है।

जिस मनुष्य के जन्मपत्र में सप्तमेश, राहु, केतु अथवा शनि से युक्त होकर दूसरे भाव में बैठा हो और नीचस्थ मंगल उसे पूर्ण दृष्टि से देखता हो तो ऐसे योग वाला मनुष्य जारज समझना चाहिये।

यदि किसी मनुष्य के जन्मपत्र में नीचस्थ चन्द्रमा शनि के साथ लग्न में या सप्तम स्थान में बैठा हो अथवा नीचस्थ शनि के साथ चन्द्रमा लग्न या सप्तम स्थान में बैठा हो तो उस मनुष्य को जारज समझना चाहिये।

जिस मनुष्य के जन्मपत्र में तीसरे चौथे सातवें और दशवें भाव के अधिपति लग्न के साथ किसी भी भाव में बैठे हों तो ऐसे योग वाला मनुष्य जारज होता है अर्थात वह अपने पिता से उत्पन्न न होकर परपुरुष से उत्पन्न होता है। उसकी माता व्यभिच रिणी होती है।

जिस जातक के जन्मपत्र में षष्ठेश और लग्नेश ये दोनों ही मंगल तथा चन्द्रमा से युक्त होकर चतुर्थ स्थान में बैठे हो तो वह मनुष्य अपने पिता से उत्पन्न न होकर पर पुरुष से उत्पन्न हुआ जानना चाहिये।

यदि किसी मनुष्य के जन्मपत्र में षष्ठेश और भाग्येश ये दोनों ही शनि राहु और केतु से युक्त होकर सप्तम स्थान में बैठे हों तो ऐंसी जन्म पत्री वाला मनुष्य अपने पिता के वीर्य से न उत्पन्न होकर पर पुरुष से उत्पन्न समझना चाहिये।

जिन मनुष्य के जन्मपत्र में सप्तम स्थान में बुध हो अथवा वह बुध एकाकी मिथुन कन्या का स्वगृही हो अथवा मीन का हो तो वह मनुष्य परस्त्री गामी होता है।

यदि किसी मनुष्य के जन्मपत्र में लग्नेश, द्वितीयेश, पंचमेश षष्ठेश और सप्तमेश आदि में से कोई से दो ग्रह नीच के शुक्र (कन्या राशि के शुक्र) के साथ सप्तम स्थान में बैठे हों तो वह मनुष्य पराई स्त्रियों में आसक्त, कुमार्गगामी व्यभिचारी होता है। इसके अतिरिक्त यदि लग्नेश और षष्ठेश शनि राहु और केतु

में से किसी भी ग्रह के साथ सप्तम स्थान में बैठे हों तो वह मनुष्य भी परस्त्री में आसक्त होता है।

जिस मनुष्य के दूसरे स्थान में राहु या केतु में से कोई भी ग्रह बैठा हो साथ ही सप्तमेश सप्तम स्थान में पाप ग्रह से दृष्ट हो तो वह मनुष्य व्यभिचारी होता है। इसके अतिरिक्त यदि द्वितीयेश कर्मेश और सप्तमेश ये तीनों ही ग्रह दशम स्थान में बैठे हों तो वह मनुष्य पर स्त्रियों के साथ काम वासना को तृप्त करने वाला पूर्ण रूप से जार होता है।

द्वितीयेश सप्तमेश और दशमेश आदि में से एक दो अथवा ये तीनों ही ग्रह चतुर्थ स्थान में बैठे हों तो वह मनुष्य परस्त्रीगमन करने वाला जार होता है।

यदि किसी मनुष्य के जन्मपत्र में षष्ठेश और सप्तमेश ये दोनों मंगल तथा चन्द्रमा के साथ मातृ स्थान में (४) चौथे भाव में बैठे हों तो वह मनुष्य परपुरुष से उत्पन्न जारज होता है। इसी प्रकार यदि नवमेश और षष्ठेश ये दोनों राहु-केतु और शनि में से किसी एक या दो के साथ बैठे हों तो वह मनुष्य परजात या दूसरे पुरुष से उत्पन्न समझना चाहिये।

जिस मनुष्य के जन्मपत्र में तृतीयेश चतुर्थेश सप्तमेश और दशमेश ये चारों यदि लग्नेश के साथ किसी भी स्थान में क्यों न बैठे हों ऐसे योग वाला मनुष्य जारज या पर पुरुष से उत्पन्न होता है।

जिस स्त्री के जन्मपत्र में सप्तम स्थान में नीच का सूर्य हो वह स्त्री अपने पति से दूर ही रहकर जीवन व्यतीत करती है अर्थात् पति से त्याग दी जाती है या फिर विचार विनिमय न हो सकने के कारण विधुर जीवन व्यतीत करना पड़ता है।

यदि किसी स्त्री के जन्मपत्र में सप्तम भाव में निर्बल पाप ग्रह बैठे हों और किसी भी शुभ ग्रह से दृष्ट-युक्त न हों तो वह स्त्री अपने पति द्वारा त्याग दी जाती है।

जिस स्त्री जातक के जन्मपत्र में सूर्य मंगल सप्तम भाव में हों यदि इनमें से कोई भी नीच का हो तो अवश्य ही उस स्त्री को उसका पति छोड़ देगा इसी प्रकार शनि नीच का या अस्त अथवा नीचास्त का सप्तम भाव में निर्बली हो तो ऐसे योग वाली स्त्री को उसका पति त्याग कर देता है।

आयुभर कुँवारी या कुँवारा रहने का योग

जिस स्त्री के जन्मपत्र में नीच का शनि अर्थात् मेष राशि का शनि सप्तम स्थान में बैठा हो और राहु या केतु से दृष्ट हो और कर्क राशि गत मंगल से दृष्ट हो तो वह स्त्री जीवन भर अविवाहित ही रहकर वृद्धा अवस्था को प्राप्त हो जाती है। यह योग तुला लग्न से ही बन सकता है। मंगल के दृष्ट युक्त होने पर व्याभिचार का कलंक भी लग सकता है। चाहे वह जैसी दशा में भी क्यों न हो। हो सकता है कि उसका पति विवाह के कुछ ही समय पश्चात् स्वर्गवासी हो जाय और उसको विवाह का ही सुख प्राप्त न हो और वह कुंवारी के समान वैधव्य जीवन व्यतीत करे।

जिस पुरुष के जन्मपत्र में लग्न स्थान में शुक्र या चन्द्रमा नीच राशि में बैठा हो जिसे शनि और मंगल सप्तम दृष्टि से देखते हों तो ऐसे योग वाला पुरुष सदैव स्त्री हीन रहता है।

जिस मनुष्य के जन्मपंत्र में मिथुन राशि के शनि और मंगल लग्न में बैठे हों जो कि स्त्री स्थान सप्तम भावको सप्तम दृष्टि से देखते हों तो इस योग में मनुष्य स्वेच्छा से आयु भर अविवाहित ही रहता है।

जिस मनुष्य के जन्मपत्र में कन्या राशि में शुक्र लग्न या सप्तम भाव में नीच का हो कर सूर्य के साथ बैठा हो या शुक्र नाचास्त हो अथवा सूर्य से दृष्ट हो तो ऐसे मनुष्य का आयुभर विवाह नहों होता।

यदि किसी मनुष्य के जन्मपत्र में नीच का शुक्र छठें, आठवें और बारहवें (७. ८. १२ वें) भाव में कन्या राशि का बैठा हो तो उस मनुष्य का विवाह नहीं हो पाता चाहे अनुचित सम्बन्ध भले ही हो जाय।

जिस मनुष्य के जन्मपत्र मे कर्क राशि का मंगल अर्थात नीचस्थ मंगल सूर्य के साथ लग्न में विराजमान हो और सप्तम में शनि अष्टम स्थान में स्वक्षेत्री बैठा हो तो ऐसे योग वाले मनुष्य का विवाह विवाहकी इच्छा होने पर भी नहीं हो पाता विपरीत इसके उसका अनुचित सम्बन्ध किसी नीच जाति की लड़की से होता है।

यदि किसी मनुष्य के जन्मपत्र से सूर्य चन्द्रमा और शुक्र निर्बली शत्रुघर में नीच अस्त नीचास्त किसी भी भाव में पड़े हो साथ ही शनि से दृष्ट हों तो उस जातक का विवाह नहीं होता वह आजन्म अविवाहित ही रहता है।

जिस मनुष्य के जन्मपत्र में केवल शुक्र ही नीच राशि का सूर्य से अस्त अथवा नीचास्त हो तो वह मनुष्य स्वेच्छा से अथवा विवशता के कारण अविवाहित ही रह जाता है।

यदि किसी जातक के जन्मपत्र में शनि मंगल लग्न में हों या सप्तम स्थान में हों अथवा सप्तम स्थान को देखते हों तो भी वह जातक आजन्म अविवाहित ही रह जाता है।

विधवा स्त्री के पुत्र या सन्तान

जिस मनुष्य के जन्मपत्र में चन्द्रमा मकर या कुम्भ का कृष्ण पक्ष या क्षीण बैठा हो और उसे शुक्र देखता हो तो या पड़वा का सूर्य उसे देखता हो तो ऐसे योग वाले पुरुष को विधवा स्त्री से पुत्र की प्राप्ति होती है अर्थात् मनुष्य के पश्चात् उसकी स्त्री गर्भवती अपने समय पर पुत्र प्रदान करती है या फिर उस पुरुष का किसी की विधवा स्त्री से अनुचित सम्बन्ध होने के कारण पुत्र उत्पन्न होता है अर्थात् सूर्य से दृष्ट होने पर पुत्र और शुक्र से दृष्ट होने पर कन्या सन्तान की प्राप्ति होती है।

जार-योग

जिस स्त्री जातक के जन्मपत्र में मेष लग्न में शनि, राहु या केतु में से किसी के साथ बैठा हो और सप्तम स्थान में तुला का सूर्य विराजमान हो तो ऐसी स्त्री अपने पति का त्याग करके नहीं बल्कि उसकी हत्या करके भी अन्य पुरुष के साथ रहना पसन्द करती है।

जिस स्त्री जातक के जन्मपत्र में कर्क लग्न का मंगल बैठा हो मकर का शनि सप्तम भाव में विराजमान हो या शनि + मंगल एक साथ सप्तम स्थान में सिंह राशि पर बैठा हो तो ऐसे योग वाली स्त्री कैसे ही उत्तम, श्रेष्ठ कुलीन घर में क्यों न पैदा हुई हो और चाहे कितने ही पूजा पाठ करने वाली क्यों न हो अवश्य ही व्यभिचारिणी होती है।

जिस स्त्री के जन्मपत्र में नीच का अर्थात् मेष राशि का शनि सप्तम स्थान में बैठा हो या नीच का राहु सप्तम स्थान में बैठा हो तो वह स्त्री अपने कुल को कलंकित करने वाली, दोष युक्त, जार के पास जाने वाली होती है।

जिस स्त्री के जन्मपत्र में कर्क का शुक्लपक्षी चन्द्रमा पूर्ण रूप से विराजमान हो और वह किसी भी पाप ग्रह से दृष्ट या युक्त न हो। मकर यानी कि उच्च का मंगल सप्तम स्थान में बैठा हो साथ ही मीन का बृहस्पति बुध के साथ भाग्य स्थान अर्थात नवम स्थान में विराजमान हो तो वह स्त्री अत्यन्त सुन्दर होती है जिसे देखकर बड़े-बड़े महात्माओं का भी चित्त चंचलता के कारण विचलित हो जाता है और वे अपनी सौन्दर्य तृषाको तृप्त करने के लिए उसका प्रेम पाने के लिए सदैव उत्कण्ठित रहते हैं। अर्थात् अपने जीवन की सार्थकता को भूल जाते हैं।

जिस स्त्री जातक का जन्मलग्न और चन्द्रमा पाप ग्रहों से घिरे हों और किसी भी शुभ ग्रह से दृष्ट या युक्त न हों तो वह स्त्री पतिकुल और पिताकुल दोनों को ही कलंकित करके अपकीर्ति प्राप्त करती है अर्थात व्यभिचार से पतित हो जाती है।

जिस स्त्री के जन्मपत्र में कर्क राशि का सूर्य मंगल सप्तम स्थान में बैठा हो तो वह स्त्री वैधव्य को प्राप्त होकर किसी अन्य पुरुष के साथ सहवास करती है।

जिस स्त्री के जन्मपत्र में मंगल और शुक्र एक दूसरे के राशीयांश में लग्न या सप्तम भाव में बैठे हों वह स्त्री कामातुर होकर अपने जार के यहाँ अपनी काम वासना को शान्त करने के लिए निशार्धक में भी चल पड़ती है।

यदि किसी स्त्री के जन्मपत्र में मेष, बृश्चिक, मकर और कुम्भ में से कोई भी राशि लग्न में हो और चन्द्रमा और शुक्र लग्न में बैठा हो तो वह स्त्री अवश्य ही व्यभिचारिणी होती है।

जिस स्त्री के जन्मपत्र में मंगल और शुक्र अन्योन्य नवांश में सबल बैठा हो तो वह स्त्री परपुरुष गामिनी होती है।

जिस स्त्री के वृष, तुला, मकर और कुम्भ में से कोई भी लग्न हो और उसमें

से किसी एक पर भी चन्द्रमा ओर शुक्र समान बली बैठे हों तो ऐसे लक्षणों से युक्त वह स्त्री जार के पास जाने वाली होती है।

जिस पुरुष जातक के जन्मपत्र में सप्तम स्थान मंगल या शनि का वर्ग और सप्तमभाव स्व-स्वामी अथवा दूसरे वर्ग के स्वामी से दृष्ट-युक्त हो। कहने का तात्पर्य यह है कि मंगल का वर्ग मंगल से या शनि से या शनिका वर्ग शनि से या मंगल से दृष्ट-युक्त हो। स्व स्वामी या अन्योन्य स्वामी से दृष्ट और युक्त भी हो तो उस मनुष्य की स्त्री व्यभिचारिणी होती है और वह पुरुष स्वयं भी जार योग करने वाला व्यभिचारी होता है।

यदि किसी स्त्री के जन्मपत्र में मंगल और शुक्र एक दूसरे के नवांश में यथा क्रम बैठे हों या अन्योन्य नवांश में उपस्थित सप्तम और लग्न से सम्बन्धित बैठे हों तो वह स्त्री परपुरुष गामिनी या जार योग करने वालो होती है।

जिस स्त्री का जन्मलग्न विषम राशि का हो उसमें मध्यबली शनि अकेला ही बैठा हो उस जन्मपत्र में चन्द्रमा बुध और शुक्र हीनबल बैठे हों और साथ ही सूर्य मंगल और बृहस्पति बली होकर सप्तम भाव में बैठे हों तो वह स्त्री अनेक जार योगवाली बहु पुरुष गामिनी होतो है अर्थात् व्यभिचारिणी होती है।

यदि किसी पुरुष जातक के जन्मपत्र में शनिश्चर, मंगल के षडवर्ग में बैठा हो और शुक्र सप्तम भाव में विराजमान हो साथ हो शनि या मंगल दोनों में से एक या दोनों ही उस (शुक्र) को देखते हों तो ऐसे योग वाला पुरुष परदार-गामी अर्थात व्यभिचारी होता है।

जिस मनुष्य के जन्मपत्र में चन्द्रमा, मंगल और शनि एक स्थान में बैठे हों और शनिश्चर या मंगल के नवांशादि में शुक्र, सप्तम भाव में स्थित हो साथ ही शनि मंगल में से कोई या दोनों ही ग्रह, उस शुक्र को देखते हों ऐसे योग वाला पुरुष परदार गामी या व्यभिचारी होता है और उसकी पत्नो भी परपुरुष गामिनी, अर्थात जार योग धारण करने वाली होती है।

यदि किसी पुरुष जातक के जन्मपत्र में उसका लग्नेश, सप्तमेश अपनी नीच

नीचास्त तथा शत्रु राशि के नवांश में या अस्त राशि के नवांश में गये हों तो वह पुरुष जार और सदैव किसी दूसरी स्त्री के साथ सहवास करने वाला होता है।

जिस मनुष्य के जन्मपत्र में स्त्रीभाव का स्वामी निर्बल होकर सप्तम स्थान में शनि, राहु और केतु के साथ बैठा हो और साथ ही नीच के मंगल, नीच के सूर्य या नीच के बृहस्पति से दृष्ट हो तो वह अन्य स्त्री से रति करने वाला होता है।

यदि दूसरे स्थान का आधिपति क्षीण, हीन, निर्बली होकर दूसरे भाव में पाप ग्रहों से दृष्ट या युक्त बैठा हो और कोई नीच या शत्रु ग्रह उसको देखता हो तो ऐसे योग वाला पुरुष सदा दूसरे की स्त्री से व्यभिचार करने वाला होता है।

जिस मनुष्य के जन्मपत्र में सातवें और आठवें स्थान शनि, राहु और केतु से युक्त हों अर्थात दोनों स्थानों में कोई दो पापग्रह बैठे हों और साथ ही बारहवें स्थान में नीच का अर्थात कर्क राशि का मंगल पूर्ण अंशपर बैठा हो तो इस योग वाला पुरुष अपनी स्त्री के अतिरिक्त दूसरी स्त्री से व्यभिचार किये बिना नहीं रहता अर्थात सदा ही दो स्त्रियों की आशा करने वाला होता है।

यदि किसी मनुष्य के जन्मपत्र में शनि स्वगृही, उच्च या नीच का होकर १०-११-७-१ राशि में मूल केन्द्र या त्रिकोण (१-४-७-१०, ५, ९) में से किसी भी स्थान में बैठा हो तो मनुष्य व्यभिचारी या जार होता है।

यदि किसी मनुष्य के जन्म में शुक्र और बृहस्पति, शनि, राहु; और केतु के दूसरे, छठे और सातवें स्थान में से किसी एक स्थान में नीच अस्त या नीचास्त बैठे हों तो ऐसे योग वाला मनुष्य परस्त्री गामी–जार होता है।

जिस के जन्मपत्र में षष्ठेश और दशमेश ये दोनों ही दशम स्थान में पाप दृष्ट या युक्त हों तो ऐसे योग वाले मनुष्य का पिता परदारगामी जार होता है।

यदि किसी मनुष्य के जन्मपत्र में लग्नेश पाप ग्रह से युक्त होकर दूसरे स्थान में बैठा हो तो उस मनुष्य का पिता परस्त्री से प्रेम करने वाला होता है।

जिस मनुष्य के जन्मपत्र में द्वितीयेश, षष्ठेश और सप्तमेश, शनि राहु केतु आदि में से किसी भी ग्रह से युक्त होकर द्वितीय स्थान में बैठे हों तो उस मनुष्य का पिता भक्षाभक्ष का विचार न करनेवाला, दुराचारी परस्त्रीगामी जार होता है।

यदि किसी मनुष्य के जन्मपत्र में कन्या राशि का शुक्र सप्तम स्थान में हो, साथ ही चन्द्रमा बुध और शनि इन तीन ग्रहों में से कोई भी दो ग्रह शुक्र के साथ सप्तम स्थान में हों और एक कोई सा ग्रह उसे देखता हो अथवा शनि साथ हो और बुध चन्द्रमा उसे देखते हों तो इस योग वाला जातक जार होता है। यदि मंगल ग्रह का नवांश, १, ५ और ७ में से किसी स्थान में हो, बुध सप्तम स्थान में हो, सप्तमेश एकादश स्थान में हो तो वह मनुष्य भी जार होता है।

जिस मनुष्य के लग्न में कन्या का शुक्र, शनि, राहु और केतु में से किसी से युक्त हो तो वह मनुष्य लम्पट होता है। और यदि किसी जातक का छठे भाव में बृहस्पति नीच का शनि या राहु के साथ हो और शुक्र उसे देखता हो, षष्ठेश, यदि ६, ८, १२ में से किसी स्थान में हो या स्वक्षेत्री दशमेश, सप्तमेश और द्वितीयेश से युक्त हो तो ऐसे योग वाग वाला पुरुष व्यभिचारी होता है।

यदि किसी जातक के जन्मपत्र में सप्तम स्थान में शुक्र १, ८, १०, ११ राशि का बैठा हो साथ ही शनि तथा मंगल से दृष्ट हो तो वह पुरुष जार होता है। इसके अतिरिक्त यदि बृहस्पति शनि या मंगल की नवांश राशि में हो और मंगल या शनि से या दोनों ग्रहों से युक्त हो तो वह मनुष्य जार होता है।

जिस मनुष्य के जन्मपत्र में नवमेश तथा अष्टमेश का समागम किसी भी स्थान में हो तो ऐसे योगवाला मनुष्य जार होता है। यदि लग्न में नीच का सप्तमेश, शनि, राहु और केतु में से किसी के भी साथ बैठा हो तो वह जार होता है।

यदि किसी जातक के स्वनीच राशिगत सप्तमेश हो या वह किसी नीच राशिगत ग्रह से युक्त हो और सप्तम स्थान में शनि राहु और केतु में से कोई भी ग्रह हो तो ऐसे योग वाला मनुष्य लम्पट होता है।

जिस मनुष्य के सप्तम स्थान में बृहस्पति बुध के साथ हो, इन में से कोई नीच का हो अथवा सप्तम स्थान में शुक्र चन्द्रमा साथ हों और इन दोनों में से भी कोई नीच राशिगत हो तो ऐसे योग वाला मनुष्य अनेक स्त्रियों से विषय करने वाला लम्पट होता है।

यदि किसी जातक के जन्मपत्र में मंगल या शनि, स्वगृही होकर लग्न में बैठे हों तो वह मनुष्य दो स्त्रियों से सम्बन्ध रखने वाला जार होता है। इसी प्रकार जिस जातक का लग्नेश तोसरे या छठे भाव में बैठा हो तो वह मनुष्य भी स्त्रियों से सम्बन्ध रखने वाला जार होता है। कहने का तात्पर्य यही है कि यदि लग्नेश लग्न में हो या तीसरे या छठे स्थान में बैठा हो तो वह मनुष्य नेक नहीं होता बल्कि व्यभिचारी होता है चाहे वह बात गुप्त ही रही हो अथवा प्रकट हो गई हो। ऐसे ही जिस मनुष्य का लग्नेश, आठवें या बारहवें भाव में बैठा हो वह भी दूसरे की स्त्री से विषय वासना तृप्त किये बिना नहीं रहता।

जिस मनुष्य के जन्मपत्र में दूसरे स्थान का स्वामी दूसरे स्थान में होता है। उसका उचित या अनुचित सम्बन्ध दो, अधिक यहाँ तक कि पाँच स्त्रियों तक से होता है। इसी प्रकार जब दूसरे भाव का अधिपति, तीसरे या चौथे भाव में हो तो वह मनुष्य परस्त्री गामी होता है।

यदि किसो जातक के जन्मपत्र में द्वितीयेश सप्तम स्थान में बैठा हो तो वह मनुष्य परस्त्री गामो होता है। इसी प्रकार यदि चतुर्थेश आठवें या बारहवें भाव में स्थित हो तो वह मनुष्य व्यभिचारी या जार होता है।

जिस मनुष्य के जन्मपत्र में छठे स्थान का मालिक, आठवें या बारहवें स्थान में बैठा हो तो वह मनुष्य दूसरे की स्त्री से व्यभिचार करने वाला होता है। इसी प्रकार जिस मनुष्य के जन्मपत्र में सप्तम स्थान का स्वामी यदि लग्न वा सप्तम स्थान में हो तो वह मनुष्य भी लम्पट या दुश्चरित्र होता है।

यदि किसी जातक के जन्मपत्र में सप्तम स्थान का अधिपति नवें या दूसरे स्थान में बैठा हो तो वह मनुष्य अनेक स्त्रियों से समागम करने वाला जार होता है।

जिस जातक के जन्मपत्र में अष्टम स्थान का स्वामी अष्टम ही स्थान में बैठा हो वह मनुष्य पर स्त्री गमन करने वाला होता है। इसी प्रकार जिस मनुष्य के जन्मपत्र में एकादश स्थान का मालिक, बारहवें स्थान में बैठा हो वह मनुष्य भी लम्पट होता है।

यदि किसी जातक के जन्मपत्र में व्यय स्थान (बारह) का अधिपति, छठे

चौथे या बारहवें भाव में हों तो वह मनुष्य परस्त्री गमन करने वाला होता है यदि वह ग्रह नीच का मंगल हो तभी यह योग बनता है अन्यथा नहीं।

जिस मनुष्य के जन्मपत्र में क्षीण चन्द्रमा, शनि राहु और केतु आदि ग्रहों में से किसी एक के साथ सप्तम भाव में बैठा हो या मंगल से दृष्ट हो तो उपर्युक्त योग वाला मनुष्य परस्त्री गामी जार होता है। और यदि सप्तमेश, शनि, राहु केतु में से किसी एक भी ग्रह के साथ लग्न में बैठा हो तो भी वह मनुष्य परस्त्री गामी जार होता है।

यदि किसी जातक के लाभेश और सप्तमेश एक दूसरे से दृष्ट या युक्त हों और त्रिकोण में बैठे हों तो वह मनुष्य अनेक स्त्रियों वाला या उनसे सम्बन्धित होता है, इसके अतिरिक्त यदि नवमेश, सप्तम स्थान में बैठा हो और लाभेश, केन्द्र में (१, ४, ७, १०) में से किसी भी एक स्थान में बैठा हो तो ऐसे योग वाला मनुष्य अवश्य ही अनेक स्त्रियों से सम्बन्धित होता है।

जिसके जन्मपत्र में शुक्र और वृहस्पति राहु-केतु और शनि से युक्त होकर दूसरे, छठे और सप्तम भवन में बैठे हों तो ऐसे योग वाला मनुष्य परदार गामी होता है। यदि राज्येश और षष्ठेश दोनों दशम स्थान में हों साथ ही इन दोनों में षष्ठेश नीच का हो तो इस योग वाले जातक का पिता जार होता है।

वन्ध्या (बांझ) रहने के योग

जिस स्त्री जातक के जन्मपत्र में जन्म समय गंडान्त हो साथ ही सप्तम स्थान में शुक्र हो और लग्न में नीच का शनि हो और सप्तम स्थान पाप ग्रहों से दृष्ट या युक्त हो और कोई भी शुभग्रह उसको न देखता हो तो ऐसे योग से युक्त जन्मपत्री वाली स्त्री पुत्र हीन या बाँझ रहती है।

यदि किसी स्त्री के जन्मपत्र में कर्क, वृश्चिक तथा मीन राशि के अन्तिम चरण का लग्न हो और उसमें शनि विराजमान हो, साथ ही शुक्र सप्तम भाव में बैठा हो तो वह स्त्री जिसके यह योग पड़ा हो अवश्य ही बाँझ या वन्ध्या होती है उसके सन्तान नहीं होती।

जिस स्त्री जातक के जन्मपत्र में सूर्य और शनि दोनों ही अष्टम स्थान में बैठे हों और इन दोनों में से कोई एक ग्रह नीच का या सम राशि का बैठा हो तो वह स्त्री बांझ ही रहती है अर्थात् उसके कोई सन्तान नहीं होती ।

ये तो सभी मनुष्य जानते हैं कि बन्ध्या (बांझ) शब्द का प्रयोग उन स्त्रियों के लिये किया जाता है जिनके सन्तान उत्पन्न ही नहीं होती किन्तु कुछ औरतों के एक सन्तान उत्पन्न होने के पश्चात दूसरी सन्तान उत्पन्न ही नहीं होती उसको भी बांझ शब्द से पुकारा जाता है उसे शास्त्र में काकवन्ध्या कहते हैं । इसी प्रकार शास्त्र में नौ (९) प्रकार की वन्ध्या का वर्णन किया गया है जो कि रज, तम और सत दोप से अथवा वायु पित्त और कफ दोष से दूषित होने के कारण होता है । हम यहाँ पर सभी दोषों के निवारणार्थ कुछ औषधि प्रयोग का वर्णन करने का प्रयास करेंगे जो कि सभी प्रकार की बाँझ स्त्रियों के दोष का निवारण करके उन्हें सपुत्र तथा सपुत्री बनाने में सहायक हो सके । यह भी एक निर्विवाद वैज्ञानिक सिद्धान्त है कि बांझ रहने में केवल स्त्रियों का अपराध नहीं है इसमें उन सदोष पुरुषों का भी बहुत कुछ हाथ है जो कि कुमार्ग गामी होने के कारण अपने बचपन में अथवा किशोरावस्था में अथवा यौवन काल में अपने हाथ से अपने वीर्य को नष्ट करके इस अपराध के अपराधी हो जाते हैं और सन्तान उत्पन्न न होने पर अपने को सामर्थवान् समझ करके केवल स्त्रियों का ही उपचार इलाज तन्त्र मन्त्र, जन्त्र जादू टोना आदि से अपनी सन्तान उत्पत्ति का कारण ढूंढ़ते हैं और अनेक प्रकार के उपचार करने पर भी निः सन्तान ही मर जाते हैं । ऐसे पुरुषों की शान्ति के लिये हम इस पुस्तक में कुछ उपचार औषध रूप में प्रकाशित कर रहे हैं । जो कि जरूरतमन्द मनुष्यों को लाभ पहुँचाये बिना नहीं रहेगी ।

वन्ध्या स्त्री-चिकित्सा

जिस स्त्री को रजोदर्शन कृष्ण वर्ण का हो उसमें उष्णता हो पेड़ू में दाह और कमर में चसक वाला दर्द हो तो समझना चाहिये कि इसको पित्त जनित मासिक धर्म है । जिसकी दवाई इस प्रकार हैं जिसके घोट पीस छान कर पीने से उस स्त्री

को गर्भ धारण करने की शक्ति आ जाती है और वह कुछ ही समय पश्चात् पुत्र, कन्या उत्पन्न करने में समर्थ हो जाती है। श्वेत चन्दन, तगर, मुलेठी, कूठ और नीलोत्पल ये पाँचों वस्तुएँ एक समय में ½ तोला के भार में समान लेकर अर्थात् २½ तोला एकबार में काली बकरी के दूध में खूब पीसकर उसे कपड़े में छानकर करीब ७ (सात) दिन तक अवश्य प्रयोग में लाये अर्थात् सात दिन तक पिये इसके पश्चात् जब रजोधर्म समाप्त हो जाय तो लक्ष्मणा की जड़ को गाय के दूध में पीसकर, १५ दिन तक पिये और लक्ष्मणा की जड़ को सूंघती रहे तो निश्चय ही ऋतुगामी होने के पश्चात् यथा समय पुत्र उत्पन्न होगा।

जिस स्त्री के जन्मपत्र में शनि और मंगल दोनों ही छठे स्थान में हों या चतुर्थ स्थान में हों और इन दोनों में से कोई नीच का हो तो वह स्त्री गर्भ को धारण ही नहीं कर पाती है।

जिस स्त्री को श्वेतमिश्रित रक्तिम रजोधर्म हो और रजस्वला के समय उसकी नाभि में अत्यधिक पीड़ा या दर्द हो तो उसको कफ दूषित रजोधर्म जानना चाहिये। ऐसे लक्षणों से युक्त स्त्री को पुत्र प्राप्ति के लिये निम्नांकित चिकित्सा करनी चाहिए।

त्रिकुटा (सौंठ, मिरच काली, पीपल छोटी), त्रिफला (हरड़ बहेड़ा, और आंवला) और चीते की छाल सभी वस्तु एक एक तोले के हिसाब से लेकर कूट कर कपड़छन करके रख ले और उसमें से १ तोला नित्य प्रति बकरी के दूध में घोट कर, रजोदर्शन के शुरू होने तक रात्रि को सोने से १ घंटा पहले पीया करें। इस प्रकार रजक रजोधर्म शुरू होने पर लक्ष्मणा की जड़ को शुद्ध गाय के दूध में घोट पीस छान कर एक सप्ताह तक पिये और लक्ष्मणा की जड़ को सूंघे तो उसे अवश्य ही पुत्र की उत्पत्ति यथा समय होगी।

जिस स्त्री का रजोदर्शन वायु दूषित हो अर्थात् सन्निपात से दूषित हो तो उसको रजस्वला होने से पहले बुखार होता है और काला, गर्म रुधिर थोड़ा थोड़ा आता है जिसमें चिकनाहट होती है। उसके उदर, पेट, कोख, कमर और योनि शूल की पीड़ा अर्थात दर्द होता है अंग में अंगड़ाइयाँ व खाँसी आती है शरीर टूटता है

आलस्य दबाये रहता है नींद खूब आती हैं। इसके लिए उस स्त्री को अरण्डकी जड़, आम की जड़, निशोथ, नीलोत्पल, तगर, कूठ, मुलैठी, सफेद चन्दन ये आठों वस्तुएँ समान भाग यानि कि एक-एक तोले के हिसाब से आठ तोले लेकर सबको हिमाम दस्ते में खूब बारीक कूटे और उसमें से १ तोला रोज लेकर बकरी के दूध में घोट, पीसकर छान ले और उसे प्रातः सात दिन तक पीये। तत्पश्चात रजोदर्शन शुद्ध होने पर सफेद फूल के आंक की जड़, सफेद कोपल लक्ष्मणा की और बाँझ ककोड़ा ये सभी १ तोला लेकर गाय के दूध में घोट पीस छानकर पीये और अपने इष्ट की स्मृति करके सूँघे, पुत्र उत्पत्ति तक इस औषधि को करती ही रहे तो उत्पन्न बालक बड़ा ही सुन्दर, गुणवान और रूपवान होगा।

जो स्त्री सन्तान उत्पन्न करने में असमर्थ हो अर्थात बाँझ हो तो उसे चाहिये कि छोटी पीपल एक तोला, नाग केसर १ तोला, ताजी अदरक १ तोला, नागरमोथा १ तोला और काली मिर्च १ तोला लेकर इन सभी वस्तुओं को कूटकर कपड़े से छान करके शुद्ध गाय के घी के साथ नित्यप्रति सुबह सायं चार आने भर के हिसाब से सेवन करते रहने से बाँझ स्त्री को भी पुत्र उत्पन्न हो जाता है।

जो वन्ध्या स्त्री असगन्ध को गङ्गा जल में घोटकर दूध में पकाये और उसका हलुआ सा बन जाय तो गाय के शुद्ध घी में हलुए को धीमी २ आँच में भूने जब उसका हलुआ तैयार हो जाय तो ऋतु काल से निवृत्त होकर ८ या १० दिन तक अनाहार मुँह उसे गाय के दूध के साथ खाये तो उसको स्वस्थ पति-प्रसंग से समय आने पर अवश्य ही पुत्र की प्राप्ति होती है।

बाँझ स्त्री यदि सन्तान चाहती है तो सफेद कटेली की जड़ को मोरपंख की जड़ के साथ गाय के शुद्ध दूध के साथ पीसकर या घिसकर ऋतु काल में खाये या उसको पीये तो उसको नपुन्सक पति न हो तो उसके समागम से निश्चय गर्भ रह जाता है।

जिस बाँझ स्त्री को कभी सन्तान न हुई हो और वह सन्तान की इच्छुक हो निम्नांकित नुकसे का यथानियम सेवन करने से सुन्दर सन्तान की प्राप्ति होती है। नुकसा इस प्रकार है—खिरैंटी १ तोला, स्वेतकटेली पचांग १ तोला, कघी १

तोला, मुलैटी १ तोला, बड़ के अंकुर (बड़की टहनी के अग्रभाग में जो एक हल्के लाल रंग की घुंडी होती है) और नाग केसर १ तोला इन सबको समान भाग लेकर खूब बारीक पीस ले और १ तोले के हिसाब से नित्यप्रति १ तोला शुद्ध शहद छोटी मक्खी का लेकर आधा सेर गाय के दूध के साथ प्रातः नहा धोकर अपने इष्ट की स्मृति करके रोज ७ दिन सेवन करे तो बन्ध्या स्त्री भी पूर्ण पुरुष समागम से पुत्र उत्पन्न करने में समर्थ हो जातो है यह एक यथार्थबात है।

इसी प्रकार जो स्त्री केवल पुत्र ही उत्पन्न करना चाहती हैं कन्या नहीं चाहती या जिसके कई लड़कियाँ उत्पन्न हो चुकी हैं तंग आकर लड़का उत्पन्न करना चाहती हैं उसे चाहिये कि वह शिवलिंगी के बीज, नीली कोयल वेलि की पत्तियाँ और जिया पोते की जड़, ये तीनों औषधियाँ, समान भाग लेकर १ तोले के हिसाब से ½ सेर गाय के दूध में घोट पीसकर मासिक स्नान के अन्तिम तीन दिन नियम से प्रातः पान करे तो निश्चय पूर्वक पुत्र ही उत्पन्न होगा पुत्री उत्पन्न नहीं होगी ऐसा मुनि वचन है। तिल एक छटांक, गन्ने का रस ½ सेर, गुड़ १ छटांक और साथ ही जवान बछड़े का मूत्र २ सेर लेकर अन्ने उपलों की आग में खूब पकाये और जब १ सेर के करीब काढा बन जाय तो उसे छानकर शुद्ध साफ शीशी में रखले और ऋतु काल से ७ दिन तक लगातार पीते रहने से अवश्य ही पुत्र उत्पन्न होता है।

जो बांझ स्त्री श्वेत कुलथी की जड़, गंगेरु की जड़, और अपराजिता की जड़ एक तोला लेकर अपने ऋतु काल के समय ½ सेर गाय के दूध में पीसकर पान करती है वह स्त्री स्वस्थ पुरुष समागम से गर्भ धारण करने में समर्थ हो जाती है और उसे अवश्य ही सन्तान उत्पन्न होती है।

जिन स्त्रियों को मासिक धर्म नहीं होता है वे स्त्रियाँ यदि मालकंगनी की कोपलों को भूनकर, अजवायन के फूलों के साथ कांजो में पीसकर नित्यप्रति ७ दिन तक उसका पान करें तो निश्चय पूर्वक कहा जा सकता है कि उपर्युक्त स्त्रियों को मासिक धर्म ठीक यथा समय होने लगेगा और वे वन्ध्या दोष से सदैव के लिए वर्जित हो सकेंगी।

कबूतर की बीट को ७ दिन तक शहद में मिलाकर खाने से स्त्री का रजोधर्म शुद्ध हो जाता है जिससे वह स्त्री सन्तान उत्पत्ति में समर्थ हो जाती है।

तिल की जड़ का काढ़ा बनाकर पीये या फिर ब्रह्मदण्डी की जड़, समान भाग मुलैटी तथा त्रिकुटे का चूर्ण डालकर पाव भर पानी में उसका काढ़ा बनाये और उसको १ तोले के भार में नित्य प्रति पीते रहने से ८, १० दिन में रजोधर्म विरोधी तत्त्व नष्ट होकर निर्विरोध रजोदर्शन होकर स्त्री सुन्दर पुत्रोत्पत्ति के योग्य हो जाती हैं।

दूब की नालें १ तोला, मालकंगुनी के चावल १ तोला लेकर पानी के साथ पीसकर उसको शुद्ध गाय के घी में रोज सुबह को पूरी उतारे और उसको गाय के एक उफान के फीके दूध के साथ नित्य प्रति स्नान-ध्यान पूजा-पाठ आदि से निवृत्त होकर उस पूरी को ½ सेर दूध के साथ खाते रहने से क्षीण रजोधर्म या नष्ट रजोदर्शन फिर से होने लगता है।

कलिहारी की जड़ का चूर्ण, या चिरचिटे की जड़ या इन्द्रायण की जड़ का चूर्ण बनाकर उसकी मालिस पेड़ू पर करने से रजोधर्म स्वाभाविक रूप से होने लगता है। अक्सर ऐसा भी देखने में आया है कि किसी-किसी स्त्री के बच्चे उत्पन्न होते ही मर जाते हैं अथवा माह, दो माह, वर्ष दो वर्ष जीवित रहकर मर जाते हैं उसे भी ज्योतिषशास्त्र में मृतवत्सा वन्ध्या कहा गया है। इस प्रकार की स्त्री जिसके बच्चे जीवित नहीं रहते यदि कृतिका नक्षत्र में पूर्व दिशा की ओर अपना मुँह करके अर्थात पश्चिम दिशा में पीठ करके, बाँबा कपोड़े को समूल उखाड़ ले या खुरफे फावड़े से समूल उखाड़ ले और उसकी मूल में जो कन्द की गांठ सी है उसे गङ्गाजल में घोटकर सदा ही एक तोले की मात्रा में पीते रहने से जो सन्तान उत्पन्न होगी वह अवश्य ही दीर्घायु होगी।

इसी प्रकार जो स्त्री बिजौरे नीबू की मूल (जड़) को दूध में पकाकर और दूधिया काढ़े में शुद्ध देशी गाय का घी मिलाकर रजोधर्म के समय पीती रहे और फिर पुत्र उत्पत्ति की आकांक्षा से रति क्रिया में प्रवृत्त हो तो उस स्त्री के भी निश्चय से दीर्घायु सन्तान की उत्पत्ति होती है।

जिस स्त्री के सन्तान में केवल लड़कियां हो उत्पन्न होती है उनको यदि पुत्र की इच्छा हो तो उनको चाहिये कि फ्लाश की कोंपल गाय के एक पाव दूध में घोटकर रजोधर्म की शुद्धि के साथ सन्तान उत्पत्ति तक पीती रहे तो उस स्त्री के निश्चय पूर्वक सौन्दर्य विभूषित पुत्र उत्पन्न होगा।

जो स्त्री लक्ष्मणा झाड़ की जड़ और पत्तों को अपने ऋतु काल में गाय के दूध के साथ घोटकर पीती है और उस समय गाय के दूध की खीर ही का भोजन करती है अर्थात गेहूँ या दूसरे अनाज, चावल की खीर के अतिरिक्त कुछ नहीं खाती तो उस स्त्री के निःसन्देह पुत्र उत्पन्न होता है।

गर्भ धारण औषधि

जिस स्त्री को गर्भ न ठहरता हो उसे चाहिये कि वह शिवलिंगी १ तोला, बड़की दाड़ी (बड़ की जटा) १ तोला, मोर शिखा एक तोला और बिजौरे नीबू के बीज १ तोला सभी वस्तुएँ समान भाग लेकर, खूब घोट पीसकर कपड़ छन करले और फिर उसको मासिक धर्म के तीन दिन निवृत्त होने पर चौथे दिन एक तोले के हिसाब से चार दिन तक प्रातः गाय के दूध के साथ पीये फिर निरोग पति के संयोग से उसे निश्चय गर्भ रह जायगा।

इसी प्रकार १ तोला असगन्ध की जड़ को गाय के दूध में १ तोला कूजे की मिश्री के साथ पीस कर उसमें १ छटांक या जितना रुचे उतना घी मिलाकर नित्य प्रति ७ दिन तक पीने से ऋतुगामी होने से स्त्री को गर्भ ठहर जाता है।

जो वन्ध्या स्त्री १ तोला बिजौरे नीबू के बीज $\frac{1}{4}$ सेर गाय या बकरी के दूध में मिश्री मिलाकर घोटे और उसमें शुद्ध गाय का घी अपनी रुचि के अनुसार मिलाकर रजोदर्शन के पश्चात तीन दिन, शुद्ध होने के पश्चात पीने से समय पर स्वस्थ पति समागम से गर्भ की स्थिति स्थिर हो जाती है।

जो बाँझ स्त्री रजोदर्शन के तीसरे दिन से कास की जड़ को चावलों के मांड में घोटकर पियेगी उसके निश्चय स्वस्थ पति के सहयोग से पुत्र उत्पन्न होगा।

इसी प्रकार जो स्त्री श्वेत कटेली, श्वेत कोयल (एक जड़ी का नाम है), शंखाहूली, श्वेत चौटली की जड़, पुनर्नवा की जड़, शिवलिंगी के बीज, ब्रह्मलिंगी,

नागकेसर, सहदेई और सेवती इन सबको १ तोला लेकर $\frac{1}{4}$ सेर मिश्री के साथ घोटकर शीशी में भरकर, डाट लगाकर धर ले और उसमें से आधा तोले के हिसाब से रोज दही चावल के साथ (भात) खाये तो उस स्त्री को समय पर पति सहयोग से श्रेष्ठ गर्भ धारण होता है और पुत्रोत्पत्ति होती है।

गर्भेच्छुक स्त्री को चाहिये कि वह श्वेत चन्दन १ तोला, लाल चन्दन एक तोला, काले कदूभर के फल १ तोला मिलाये ऋतु समय से निश्चिन्त होने के बाद $\frac{1}{2}$ तोला रोज अनहार मुँह खाये तो समय पर उस स्त्री को गर्भ रह जाता हैं।

इसी प्रकार शंखाहूली, घीक्वार, हरिचन्दन और बहेड़ा ये सब गाय के दूध में पीसकर रजोदर्शन के पश्चात १ तोला के हिसाब से रोज पीने से समय पर पति समागम से गर्भ कोई भी स्त्री धारण कर सकती है।

किसी भी बांझ स्त्री को अपने ऋतु काल में खुरासानी अजवायन, हरड़, बहेड़ा, पुनर्नवे की जड़ और शंखाहूली इन सबको १, १ तोला लेकर (ये सभी वस्तुएँ समान वजन की हों) पीस कर १ पाव गरम दूध में घोटकर पीने से निश्चय ही गर्भ रह जाता है।

चिरचिटे की जड़ को चावलों के पानी या भात के मांड में घोटकर पीने से अथवा कुश (दाभ) की जड़ को या शिवलिंगी के बीजों को घोटकर पीने से बांझ स्त्री को भी गर्भ धारण करने की शक्ति आ जाती है और उससे गर्भ स्थिर हो जाता है।

नपुंसक योग

जिस मनुष्य के जन्म लग्न में कन्या राशि हो उसको शनि और बुध पूर्ण रूप से देखते हों अथवा शुक्र ग्रह, शनि की राशि, मकर, कुम्भ में से किसी पर भी लग्न में बैठा हो तो वह मनुष्य प्रमेह रोग से पीड़ित रहे उसका शीघ्र ही वीर्य पात हो जाय वह सन्तान बनाने योग्य न होकर क्लीव या नपुंसक ही होता है।

जिस मनुष्य के जन्म लग्न में कर्क राशि का सूर्य हो दूसरे स्थान में सिंह राशि में शुक्र हो, चतुर्थ भाव में तुला राशि का शनि हो और राज्य स्थान में मेष का चन्द्रमा विद्यमान हो तो वह मनुष्य वीर्य च्युत, धातुक्षीण, नपुंसक कहलाता है।

जिस मनुष्य के जन्म लग्न में मिथुन का चन्द्रमा बृहस्पति के साथ बैठा हो या मकर राशि का सूर्य बृहस्पति के साथ लग्न में बैठा हो, शनि पंचम स्थान में तुला का या वृष राशि का हो और साथ ही अष्टम स्थान में मंगल विराजमान हो तो ऐसी जन्मपत्री वाला मनुष्य क्षीण धातु या नपुंसक योग वाला होता है।

यदि किसी स्त्री के जन्मपत्र में सप्तम स्थान पर, मिथुन कन्या मकर कुम्भ में कोई सी राशि हो और वह शनि अथवा राहु से दृष्ट हो तो उस स्त्री का पति क्लीव या नपुंसक होता है।

जिस स्त्री के जन्मपत्र में सप्तम स्थान में सूर्य का नवांश होता हैं उस स्त्री का पति काम वासना से हीन होता है इसलिये उसे क्लीव या नपुंसक कहते हैं।

यदि किसी पुरुष के जन्मपत्र में सूर्य, चन्द्रमा मंगल, बुध और शनिश्चर एक दूसरे के प्रतिकूल सम–विषम राशि में यथा क्रम इस प्रकार बैठे हों कि एक दूसरे को पूर्ण दृष्टि से भी देखते हों तो इस योग वाला पुरुष, नपुंसक होता हैं।

जिस मनुष्य के जन्मपत्र में सम राशि (२, ४, ६, ८, १०, १२) का चन्द्रमा बैठा हो साथ ही विषम (१, ३, ५, ७, ९, ११) राशि में बुध बैठा हो इसके अतिरिक्त नीच का मंगल इन दोनों ही ग्रहों को देखता हो तो इस योग वाला मनुष्य नपुंसक होता है।

यदि किसी मनुष्य के जन्मपत्र में शुक्र और शनि दशम स्थान में पाप ग्रह से दृष्ट हो और इन दोनों से कोई भी ग्रह नीच का हो तो विशेष कर शुक्र नीच का हो तो वह पुरुष नपुंसक होता है।

जिस स्त्री जातक के जन्मपत्र में बुध और शनि सप्तम स्थान में बैठे हों और इन दोनों में से कोई भी अपनी नीच राशि में हो या नीच का मंगल उनको देखता हो तो ऐसे योग वाली स्त्री का पति नपुंसक होता है।

यदि किसी पुरुष जातक की जन्म कुंडली में तृतीय स्थान का स्वामी छठे स्थान में बैठा हो या सप्तमेश-शुक्र के साथ छठे भाव में बैठा हो तो ऐसे योग वाले पुरुष की स्त्री नपुंसक होती हैं।

जिस मनुष्य के जन्मपत्र में लग्नेश, नीचास्त, निर्बल किसी भी स्थान में बैठा हो और उसे नीच का ग्रह देखता हो और उसका सप्तमेश छठे भाव में बैठा हो या छठे या आठवें भाव में मृतक या नपुंसक ग्रह की राशि हो उसमें अस्त का सप्तमेश बैठा हो तो ऐसे योग वाला पुरुष नपुंसक या हिजड़ा होता है। कारकांश लग्न में केतु जो कि नीच के बुध वा नीच के शनि से दृष्ट हो तो वह पुरुष भी नपुंसक होता है।

जिस मनुष्य के जन्म पत्र में शुक्र और शनि दोनों दशम स्थान में बैठे हों और इन दोनों में से कोई भी ग्रह नीच का हो तो जातक किसी न किसी प्रकार से नपुंसक होता है।

जिस जातक के जन्मपत्र में लग्न-शुक्र और चन्द्रमा पुरुष राशि पुरुष नवांश में हो तो वह मनुष्य नपुंसक या क्लीव होता है।

यदि किसी जातक के जन्मपत्र में शुक्र और मंगल अष्टम भाव में हों और दोनों में से कोई भी नीचस्थ हो, साथही पाप ग्रह से दृष्ट हो तो मनुष्य के अण्ड-कोष बढ़ जाते हैं इसके अतिरिक्त यदि शुक्र एवं क्षेत्री मंगल के साथ छठे सातवें और आठवें भाव में बैठा हो तो अण्डकोष वृद्धि हो जाती है। अथवा शुक्र और चन्द्रमा ये दोनों मेष अथवा वृश्चिक राशि के होकर ६-८-१२ में बैठे हों और शनि तथा गुरु से दृष्ट हों तो इस योगवाले मनुष्य के अण्डकोष बढ़ जाते हैं।

दुःखी जीवन योग

जिस जातक के जन्मपत्र में लग्नेश राहु केतु और शनि इनमें से एक या दो पाप ग्रहों के साथ ६.८ और १२ भाव में से किसी एक भाव में बैठा हो तो उस मनुष्य को जीवन भर शारीरिक सुख नहीं मिलता।

यदि किसी जातक के जन्मपत्र में लग्न गत भाव और क्रूर ग्रह विद्यमान हो तो वह मनुष्य अनेक रोग से युक्त रहता है। मानसिक चिन्ता के साथ २ उसे कोई न कोई शारीरिक कष्ट भी लगा ही रहता है।

यदि किसी मनुष्य के जन्मपत्र में षष्ठेश छठे भाव में हो, अष्टमेश आठवें भवन में हो और द्वादशेश, बारहवें भाव में हो अर्थात् ६-८-१२ भाव के स्वामी अपने अपने भवन में बैठे हों तो ऐसे योग वाले मनुष्य को शारीरिक सुख की प्राप्ति नहीं होती है।

जिस जातक के जन्मपत्र में लग्न में पाप ग्रह (शनि राहु और केतु) हों लग्नेश पाप ग्रह से दृष्ट-युक्त अथवा पाप ग्रहों के मध्य में हो या सूर्य और चन्द्रमा पाप ग्रहों से युक्त अथवा पाप ग्रहों के मध्य में हों इसके अतिरिक्त यदि मंगल सूर्य और चन्द्रमा से सातवें घर में हो तो ऐसे योग वाला मनुष्य रोगी, शरीर से दुर्बल, कुकर्मी तथा अंग हीन भी हो सकता है।

जिस मनुष्य के जन्मपत्र में यदि धनेश (कोषाधीश) (६, ८, १२) भाव में बैठा हो वह चाहे बृहस्पति से दृष्ट या युक्त ही क्यों न हो फिर भी धन हीन तथा दुखी जीवन व्यतीत करने वाला होता है।

जिस जातक के जन्मपत्र में राहु या केतु में से कोई एक यदि छठे भाव में हो तो उस मनुष्य के दांतों में रोग होता है। और यदि लग्नेश किसी भी भाव में चन्द्रमा से देखा जाता हो तो उस मनुष्य को अर्श रोग या गुप्त अंग के समीप बल तोड़ आदि से घाव होता है। मंगल छठे भाव में वात विकार गठिया आदि करता है।

यदि किसी जातक के जन्मपत्र में चन्द्रमा छठे भाव में राहु-केतु और शनि में से किसी भी एक पाप ग्रह के साथ बैठा होता हैं तो वह मनुष्य सदैव किसी न किसी रोग से पीड़ित रहता है इसी प्रकार यदि पाप ग्रहों से पीड़ित अर्थात् दृष्ट या युक्त चन्द्रमा लग्न में दुर्बल बैठा हो तो भी जातक सदैव रोगवान रहता है।

जिस जातक के जन्मपत्र में कोई भी पाप ग्रह केन्द्र (१-४-७-१०) में सबल बैठा हो (विशेषकर वृष तुला में) और शुभ ग्रह से दृष्ट-युक्त न हो तो जातक का शरीर स्वस्थ नहीं रहता इसके अतिरिक्त यदि षष्ठेश उच्च का होकर पुरुष राशि में पाप ग्रहों से दृष्ट युक्त हो तो भी मनुष्य रोगी होता है।

यदि किसी जातक के जन्मपत्र में लग्नेश और बुध, ये दोनों, मंगल और चन्द्रमा ये दोनों लग्न में अथवा सप्तम स्थान में राहु या केतु से दृष्ट हों तो उस मनुष्य को श्वेतकुष्ट रोग होता है। इसी प्रकार सूर्य मंगल और शनि ये तीनों यदि लग्न में अथवा केन्द्र में हों तो उसे काले रंग का या लाल रंग का दाग शरीर के किसी भाग में होता है।

जिसके जन्मपत्र में लग्नेश सूर्य से युक्त होकर, यदि ६. ८. १२ भाव में से किसी एक स्थान में बलवान बैठा हो तो उसे गण्ड नामक रोग होता है। इसी प्रकार यदि लग्नेश और चन्द्रमा दोनों ही युक्त होकर ६-८-१२ में बैठे हों तो उसे भी गण्ड नामक रोग होता है।

जिस मनुष्य के जन्मपत्र में लग्नेश और मंगल दोनों एक साथ ६-८-१२ भाव में से किसी भी भाव में बैठे हों तो उस मनुष्य के जोड़ों में दर्द रहता है और गठिया नामक रोग होता है। जब लग्नेश बुध से युक्त हो तो पित्त रोग, बृहस्पति से युक्त होने पर आँव या वायु रोग, शुक्र से युक्त होने पर क्षय नामक रोग, शनि, राहु केतु में से किसी एक से लग्नेश के युक्त होने पर मनुष्य, चोट घाव पाता है। ये सभी ग्रह ६-८-१२ में से किसी स्थान में हों तभी फल होता है।

जिसके जन्मपत्र में चन्द्रमा मंगल और शनि ये तीनों ग्रह मेष अथवा वृष राशि के होकर ६-८-१२ भाव में से किसी एक स्थान में बैठे हों तो उस जातक को श्वेत कुष्ट होता है।

जिस मनुष्य के जन्मपत्र में बृहस्पति द्वादश भाव में बैठा हो उसे गुप्त रोग होता है जो कि वैद्य डॉक्टर और हकीम की समझ में नहीं आता। मंगल और शनि के लग्न, चतुर्थ, सप्तम, अष्टम, में और द्वादश भाव में होने से अर्श या रक्तचाप (Blood Preshr) रोग होता है। छठे और बारहवें भाव में होने से फोड़ा बलतोड़ कार्वन्कल अल्सर आदि हो सकते हैं। जिसके छटे स्थान में बृहस्पति और मंगल हों उसे कैन्सर हो सकता है।

जिसके जन्मपत्र में शनि और चन्द्रमा नवम स्थान में १, ४, ८, १०, १२ राशि में किसी एक राशिका पड़ा हो तो खंज रोग होता है।

जिस मनुष्य के जन्मपत्र में सूर्य षष्ठेश होकर चतुर्थ स्थान में शनि राहु या केतु के साथ बैठा हो तो वह मनुष्य सूर्य दशा में हृदय रोग से पीड़ित होता है। इसके अतिरिक्त यदि शनि और बृहस्पति में से कोई भी ग्रह षष्ठेश होकर चौथे घर में बैठा हो और राहु या केतु से दृष्ट हो तो भी जातक हृदय रोग से पीड़ित होता है। जब कि मंगल बृहस्पति और शनि ये तीनों ग्रह चतुर्थ भाव में बैठे हों तो मनुष्य रक्तचाप अथवा हृदय रोग से पीड़ित रहता है।

यदि किसी जातक के चतुर्थ भाव में मंगल हो सूर्य, बुध, राहु पञ्चम भाव में हों और शनि अष्टमस्थान में हो तो मनुष्य हर प्रकार से दुखी जीवन व्यतीत करता है।

जिस जातक के जन्मपत्र में पञ्चम, नवम और बारहवें भाव में शनि यदि किसी पाप ग्रह से दृष्ट हो अथवा उसे नीच का मंगल देखता हो तो वह जातक रोगी होता है।

यदि किसी जातक के जन्मपत्र में सूर्य लग्न में बैठा हो, चन्द्रमा और शनि जलचर राशि के दूसरे स्थान में बैठे हों तो उस मनुष्य को दाद का रोग होता है।

जिसके जन्मपत्र में षष्ठेश चन्द्रमा पाप ग्रह से दृष्ट होकर लग्न अथवा सप्तम भाव में बैठा हो अथवा चन्द्रमा लग्नेश या सप्तमेश होकर ६.८.१२ भाव में बैठा हो उसे कोई पाप ग्रह देखता हो अथवा लग्न में शनि हो तो उसे जिगर तिल्ली का रोग होता है। और यदि वह शनि पाप क्रूर ग्रह से दृष्ट या युक्त हो तो वह मनुष्य रोगी होने के साथ सुख और हर्ष से रहित होता है।

मेष, वृष. तुला और धनु लग्न वाले मनुष्य के दाँतों में रोग हो जाता है यदि वे पाप ग्रह से देखे जाते हों।

व्यभिचारिणी योग

जिस स्त्री जातक के जन्मपत्र में मंगल यदि शुक्र के नवांश में और शुक्र मंगल के नवांश में सबल बैठा हो तो वह स्त्री परपुरुष से सम्बन्ध रखने वाली होती है। अर्थात् व्यभिचारिणी होती है।

यदि किसी स्त्री जातक के मकर लग्न हो और सप्तम भाव में नीचका मंगल सूर्य के साथ हो तो ऐसी स्त्री परपुरुष पर आसक्त होकर व्यभिचार करने जाती है।

जिस स्त्री के जन्मपत्र में नीच का मंगल लग्न १.४.७.८.१२ में से किसी भी एक भाव में शनि राहु और केतु में से किसी एक से भी युक्त हो तो वह स्त्री अपने पति से त्यक्त होकर परपुरुष से व्यभिचार कराती है।

यदि किसी स्त्री जातक के अष्टमस्थान में नीच का मंगल शनि दृष्ट हो तो वह स्त्री व्यभिचारिणी होती है। इसी प्रकार अष्टमस्थान में नीचका राहु कुल धर्म को नष्ट करवाकर पाप युक्त बनाता है।

जिस पुरुष के जन्मपत्र में सप्तमस्थान में शनि सूर्य के साथ हो अथवा अपनी नीच राशि में हो अथवा नीचास्त राशि का हो और उसे मंगल देखता हो तो उस मनुष्य की स्त्री बड़े ही चपल स्वभाव वाली व्यभिचारिणी होती है।

यदि किसी मनुष्य के जन्मपत्र में सप्तमस्थान का अधिपति दसवें या चतुर्थ भाव में बैठा हो तो उसकी स्त्री का चाल-चलन ठीक नहीं होता।

जिस मनुष्य के जन्मपत्र में सप्तमेश एवं सप्तम भाव कारक नीचांश नीच-राशि में बैठा हो और किसी भी शुभ ग्रह (गुरु, शुक्र, बुध आदि) से दृष्ट युक्त न हो तो ऐसे योग वाले मनुष्य की स्त्री व्यभिचारिणी होती है।

जिस मनुष्य के जन्मपत्र में सप्तमेश या क्षीण चन्द्रमा, शनि, राहु और केतु ग्रह से दृष्ट हो और साथ ही पापांशक में पाप ग्रहों के बीच में हो तो ऐसे पुरुष की स्त्री घोर पाप करने वाली, अपराधी, व्यभिचारिणी होती है।

यदि किसी मनुष्य के जन्मपत्र में सप्तमेश बलहीन होकर दूसरे या चतुर्थ भाव में बैठा हो, और उसे नीच या अस्त अथवा नीचास्त मंगल देखता हो तो ऐसे पुरुष की स्त्री अन्य पुरुष में आसक्त अर्थात् व्यभिचारिणी होती है।

जिस लड़की के जन्मपत्र में सप्तमेश चन्द्रमा, शनि, राहु और केतु में से किसी भी ग्रह के साथ नीच का या अस्त का होकर द्वादशस्थान में बैठा हो या पाप ग्रहों से दृष्ट युक्त हो तो वह लड़की अपने पति को मारकर भी व्यभिचार में आसक्त होती है।

इसी प्रकार यदि सप्तमेश शुक्र पाप ग्रहों से दृष्ट या युक्त हो या अपने नीच घर का हो या अस्त हो या नीचास्त हो अथवा अपने क्रूरादिषष्ठ्यंश युक्त हो तो ऐसे योग वाली स्त्री गृहस्थ में रहते हुए भी वेश्या जैसे आचरण वाली होती है।

जिस स्त्री के जन्मपत्र में राहु या केतु नीच का होकर सप्तम भाव में बैठा हो और उसे शनि पूर्ण दृष्टि से देखता हो तो वह स्त्री सदैव पाप में तत्पर, व्यभिचार के लिये उद्यत, अन्य पुरुष में आसक्त तथा दुष्ट प्रकृति की होती है। और यदि उपर्युक्त ग्रह अपने क्रूरांशक में हों तो वह स्त्री अपने पति को विष देकर भी व्यभिचार को नहीं छोड़ती, कलंकित रहती है।

जिस पुरुष जातक के जन्मपत्र में यदि षष्ठेश, अष्टमेश और नवमेश एक ही साथ ६–८–१२ स्थान में पाप ग्रहों से दृष्ट या युक्त हों तो उसकी स्त्री पर-पुरुषगामिनी होती है।

सुखी जीवन योग

जिस मनुष्य के जन्मपत्र में शुभ ग्रह लग्नेश होकर लग्न में विद्यमान हो, या फिर अपने उच्च का होकर अपने मित्र की राशि का होकर केन्द्र में हो अथवा शुभ ग्रह की राशि का होकर शुभग्रह से दृष्ट हो और केन्द्र या त्रिकोण में बैठा हो तो ऐसे योग वाला मनुष्य सब प्रकार से सुखी होता है।

यदि किसी जातक के जन्मपत्र मे चतुर्थेश नवमेश, चतुर्थ स्थान में मित्र शुभ ग्रह से युक्त हो तो वह मनुष्य बड़ा ऑफीसर जिलाधीश अथवा ऐसे ही कोई होता है इसी प्रकार यदि चतुर्थेश लग्न में मित्र बृहस्पति से दृष्ट हो तो वह भी बड़ा ऑफीसर होता है।

जिस मनुष्य के जन्मपत्र में चतुर्थेश यदि एकादश स्थान में बृहस्पति से दृष्ट हो या चतुर्थेश किसी भी स्थान में बैठकर चतुर्थ स्थान को देखता हो तो उस मनुष्य को स्वेच्छित वाहनों की प्राप्ति होती है। इसी प्रकार यदि चतुर्थेश लग्नेश के साथ चतुर्थ भवन में बैठा हो तो उस मनुष्य को अनायास बना बनाया मकान प्राप्त होता है और सज्जनों की संगति प्राप्त होती है।

अंगहीन योग

जिस मनुष्य के जन्मपत्र में धनेश और व्ययेश (२–१२ भाव के स्वामी) शुक्र और लग्नेश के साथ त्रिक स्थान (६-८–१२ भाव) में बैठे हों वह मनुष्य नयन सुख से वंचित होता है अर्थात् वह अन्धा या नेत्रहीन सूरदास होता है। इसके अतिरिक्त यदि केवल चन्द्रमा, शुक्र के साथ दूसरे भवन में शनि, राहु और केतु में से किसी एक के साथ बलहीन बैठा हो तो भी जातक नयनज्योतिहीन होता है।

यदि किसी मनुष्य के जन्मपत्र में केवल शुक्र, नीचका या अस्त होकर अथवा नीचास्त होकर दूसरे अथवा द्वादश भाव में बैठा हो साथ ही मंगल या शनि से दृष्ट हो तो जातक शुक्र की दशा में कांणा हो जाता है।

जिस मनुष्य के जन्मपत्र में चन्द्रमा शुक्र युक्त होकर ६–८–१२ भाव में से किसी भी भाव में बैठा हो तो ऐसे योग वाला मनुष्य शुक्रान्तर्दशा में कांणा या अन्धा हो जाता है।

यदि किसी जातक के जन्मपत्र में लग्नेश, सूर्य और शुक्र (६–८–१२) स्थान में से किसी भी एक स्थान में बलहीन बैठे हों तो ऐसे योग वाला व्यक्ति जन्मान्ध होता है। इसी प्रकार यदि दशमेश, सूर्य-चन्द्र और शुक्र के साथ ६–८–१२ स्थान में बैठा हो तो पिता अन्धा होता है। तृतीयेश के साथ सूर्य चन्द्र और शुक्र एक साथ ६–८–१२ भाव में हों तो भाई अन्धा होता है। चतुर्थेश के साथ उपर्युक्त ग्रह यदि ६–८–१२ भाव में हों तो माता अन्धी होती है। पंचमेश के साथ उपर्युक्त ग्रह ६–८–१२ स्थान में हों तो पुत्र अन्धा होता है और यदि सप्तमेश के साथ सूर्य, चन्द्रमा और शुक्र ६–८–१२ भाव में बैठे हों तो गृहिणी अर्थात् अपनी स्त्री ही अन्धी होती है। इसी प्रकार जिस-जिस भाव का स्वामी, सूर्य, चन्द्रमा और शुक्र के साथ ६–८–१२ भाव में बैठा हो वह भाव कारक सम्बन्धी मनुष्य अन्धा या सूरदास होता है।

जिस मनुष्य के जन्मपत्र में पंचमेश, गुरु (बृहस्पति) के साथ ६–८–१२ भाव में बैठा हो तो ऐसे योगवाला मनुष्य वाक् विहीन गूंगा होता है।

यदि किसी मनुष्य के जन्मपत्र में लग्नेश और अष्टमेश, छठे स्थान में हों तो उस मनुष्य की बांयी आँख में रोग होता है।

जिस जातक के जन्मपत्र में मंगल या चन्द्रमा लग्न में बैठे हों और उन्हें नीचका शुक्र सप्तम भाव से देखता हो तो। उस मनुष्य को एक आँख की ज्योति हीन हो जाती है।

यदि किसी मनुष्य के जन्मपत्र में सिंहस्थ (५) लग्न में चन्द्रमा बैठा हो कुम्भ राशि का शनि सप्तम स्थान में बैठा हो तो मनुष्य काणा न भी हो तो एक नेत्र की ज्योति प्रभा क्षीण अवश्य होती है।

सन्तान गोद लेने का योग

जिस मनुष्य के जन्मपत्र में सुत या पंचम भाव में मकर या कुम्भ राशि हो और उसपर शनि की दृष्टि हो तो ऐसे योगवाले मनुष्य को पोष्य पुत्र या दत्तक पुत्र ग्रहण करना पड़ता है अर्थात किसी का पुत्र गोद लेना पड़ता है। यदि पंचम स्थान या पचमेश सप्तम स्थान या सप्तमेश से सम्बन्धित हो तो अपनी स्त्री की ओर से (जैसे साला साली या और ऐसे ही स्त्री सम्बन्धित ससुराल की ओर से) पुत्र गोद लेना पड़ता है। इसके अतिरिक्त यदि लग्न से लग्नेश से, दशम से दशमेश से, तृतीय से तृतीयेश से, एकादश या लाभेश से सम्बन्धित पंचम स्थान हो तो स्व गोत्र वाले अपने ही सम्बन्धियों से पुत्र को गोद लिया जाता है।

यदि किसी मनुष्य के जन्मपत्र में पंचम भाव में बुध की राशि कन्या–मिथुन और बुध का वर्ग हो साथ ही बुध उसमें बैठा हो या बुध उसे देखता हो तो— उपर्युक्त योगवाले मनुष्य को क्रय-विक्रय द्वारा कन्या या पुत्र की प्राप्ति होती है।

जिस मनुष्य के जन्मपत्र में सुत स्थान या पंचम भाव में मकर या कुम्भ (१० या ११) में से कोई भी राशि हो साथ ही शनि की राशिका नवांश भी हो उसमें अपने नवांश में शनि या शनिके नवांश में चन्द्रमा बैठा हो तो सन्तान गोद लेनी पड़ती है।

यदि किसी मनुष्य के जन्मपत्र में चतुर्थ स्थान में केवल शनि मंगल का योग हो तो भी कभी-कभी दत्तक पुत्र लेना पड़ता है।

जिस मनुष्य के जन्मपत्र में पुत्र स्थान या पांचवें भाव में चन्द्रमा, बुध और शनि एक साथ बैठे हों तो उस मनुष्य को पुत्र की कीमत देकर पुत्र खरीदना पड़ता है अर्थात क्रीत पुत्र से पुत्र सुख प्राप्त होता है।

यदि किसी मनुष्य के जन्मपत्र में पंचम स्थान का अधिपति छटे या बारहवें भाव में उपस्थित हो तो वह मनुष्य धन देकर किसी दूसरे मनुष्य के पुत्र को मोल लेकर पुत्रवान होता है।

संन्यासी योग

जिस मनुष्य के जन्मपत्र में सभी ग्रह, शत्रुके नवांश में नीच राशि के होकर छठे, आठवें, बारहवें (६-८-१२) बैठे हों तो वह मनुष्य, जन्मलग्न के हिसाब से उच्च के स्वगृही होने पर भी भिक्षाटन करके पेट भरने वाला या संन्यासी होता है।

यदि किसी मनुष्य के समस्त शुभ ग्रह, सप्तांश कुण्डली में अपनी-अपनी नीच राशि में बैठे हों तो इस योग वाला मनुष्य भिखारी होता है।

यदि किसी मनुष्य के जन्मपत्र में लग्नेश नीच का होकर बारहवें भाव में बैठा हो और चन्द्रमा, मंगल, शनि, राहु या केतु इनमें से प्रथम चार ग्रह राज्य स्थान में बलहीन बैठे हों तो भी मनुष्य भीख मांगकर खाने वाला या संन्यासी ही होता है।

जिस मनुष्य के जन्म लग्न में मेष का चन्द्रमा, शनि से दृष्ट हो तो वह मनुष्य भी भीख मांगकर खानेवाला होता है।

यदि किसी मनुष्य के जन्मपत्र में लग्न में नीचका चन्द्रमा लग्न में हो बारहवें स्थान में बृहस्पति विराजमान हो और शनि केन्द्र में, विशेषकर दशम स्थान में बैठा हो तो ऐसे योगवाला मनुष्य भिखारी होता है।

जिस मनुष्य के जन्मपत्र में शुक्ल पक्ष का पूर्ण बलवान चन्द्रमा यदि लग्नेश को पूर्ण दृष्टि से देखता हो तो वह मनुष्य अपने सम्बन्धियों से दुखित तथा सन्तप्त होकर, तपस्वी या संन्यासी हो जाता है।

यदि किसी जातक के जन्मपत्र में चन्द्रमा विशेष रूप से बली होकर, बुध के नवांश में शनि से दृष्ट बैठा हो चाहे शेष ग्रह उच्च के या स्वगृही ही क्यों न हों तो भी वह मनुष्य दुखी होकर तपस्वी बनता है। अर्थात तपस्वी होकर भी दुखी जीवन व्यतीत करता है।

जिस मनुष्य के जन्मपत्र में चन्द्रमा चाहे जिस राशि का शनि के द्रेष्काण में बैठा हो जो कि मंगल या शनि के ही नवांश में स्थित हो साथ ही शनिश्चर से दृष्ट भी हो तो ऐसे योग में उत्पन्न बच्चा बड़ा होकर बड़ा ही कुटिल, पाखंडी साधु होता है।

जिस मनुष्य के जन्मपत्र में चन्द्रमा के राशीश को शनि देखता हो और किसी भी ग्रह से दृष्ट न हो तो वह मनुष्य चन्द्र राशि के अधिपति अथवा शनि इन दोनों में जो बलवान होता है उसी ग्रह की दशान्तर्दशा में संन्यास ले लेता है।

यदि किसी मनुष्य के जन्मपत्र में मंगल, बुध, बृहस्पति और शुक्र ये चारों ही ग्रह सबल होकर २, ४, ६, ८, १० और १२ लग्नों में से किसी भी एक में विद्यमान हों तो वह मनुष्य कीर्तिमान ब्रह्मनिष्ठ संन्यासी होता है।

संन्यासिनी योग

जिस किसी स्त्री के जन्मपत्र में समराशि लग्न (२. ४. ६. ८, १०. १२) में से किसी एक पर भी यदि, चन्द्रमा, बुध, बृहस्पति और शुक्र बलयुक्त बैठे हों तो वह स्त्री ज्योतिष शास्त्र जानने वाली भविष्य वक्ता, वेदान्त पर प्रवचन करने वाली, विद्वत्ता पूर्ण गहन विषयों की ग्रन्थि को सुलझाने वाली, वस्त्र गेरूआ होने पर अथवा स्वेत वस्त्र धारण करने पर भी, शुद्ध बुद्धि संन्यासिनी होती है।

जिस स्त्री के जन्मपत्र में शनि राहु और केतु में से कोई से दो पाप ग्रह सप्तम स्थान में मेष के बैठे हों और उन पर क्रूर ग्रह सूर्य या मंगल की पूर्ण दृष्टि हो साथ ही नवम भाव में शुभ ग्रह बृहस्पति या शुक्र बैठे हों तो वह स्त्री संन्यासिनी होती है।

यदि किसी स्त्री का जन्मलग्न ममराशि का हो और उसमें मंगल, बुध, बृहस्पति और शुक्र बलवान होकर बैठे हों तो वह स्त्री विख्यात, प्रसिद्ध, वेदान्त शास्त्र की ज्ञाता, शुभ आचरण, संन्यासियों की तरह जीवन व्यतीत करने वाली होती है।

जिस स्त्री के जन्म समय पाप ग्रह सप्तम स्थान में बैठे हों और सूर्य बली भाग्य स्थान में बैठा हो तो वह स्त्री तपस्विनी होती है। नवम स्थान में चन्द्रमा बली हो तो कपालिनी, मंगल बली हो तो रक्त या लाल वस्त्र धारण करने वाली, बुध के नवम स्थान में बली होने पर हाथ में दण्ड लेकर चलने वाली, इसी प्रकार बृहस्पति के नवम स्थान में बली होने पर यती जैसा आचरण करने वाली, शुक्र के बलवान होने पर श्वेत वस्त्र धारण करने वाली और शनि के भाग्य स्थान पर बलवान बैठे होने पर वह स्त्री नग्नावस्था को प्राप्त होती है। इसके अतिरिक्त यदि नवम स्थान में प्रव्रज्या योग (५. ६. ७. ८ ग्रह) एक साथ बैठे हों तो भी वह स्त्री संन्यासिनी होती है। इन उपर्युक्त योगों का विचार पंडित ज्योतिषी को विवाह होने से पहले जन्मपत्र मिलाते समय कर लेना चाहिए।

यदि किसी स्त्री जातक के जन्मपत्र में सप्तमेश शनि अपने उच्चांश में बलवान होकर नवें या दशवें भाव में बैठा हो और उसे उच्च का या बलवान बृहस्पति पूर्ण दृष्टि से देखता हो तो ऐसे योग वाली स्त्री बड़ी ही धार्मिक, परोपकारी, गो, ब्राह्मण देवताओं की भक्ति करने वाली, ज्ञानवान, धर्मशास्त्र को जानने वाली संन्यासिनी या संन्यासिनी के समान आचरण करने वाली ब्रह्मवादिनी सुशील, शुभ आचरण रखने वाली होती है।

अविवाहित के सन्तान योग

निम्नांकित जन्म कुण्डली में अविवाहित के सन्तति योग है। ज्योतिषी लोग गहराई से इस कुण्डली का अध्ययन करें अपने अनुभव जन्य विचारों से इसका फलादेश पूर्ण करें।

जन्म कुण्डली

इस कुण्डली में विशेष रूप से ध्यान देने योग्य बात यह है कि दूमरे घर में कर्क का मंगल नीच का शनि के साथ है और साथ ही स्वगृही चन्द्रमा है जो कि यह योग दिखाता है कि नीच कर्म द्वारा कुटुम्ब की बढ़ोत्तरी हो। साथ ही नीच का मंगल बुधको पूर्ण दृष्टि से देखता है और शनि पूर्ण दृष्टि से अपने घर को देखता है। यह योग इस बात को प्रदर्शित करता है कि गर्भ का बच्चा नष्ट-कर दिया जाय, क्योंकि शनि मार्केश होकर चतुर्थ भाव को देखता है जो कि माता का घर है यह योग उस घर की बढ़ोत्तरीको नहीं देखना चाहता जो कि होने वाली थी, इस लिए गर्भ पात कर देना आवश्यक हो गया होगा। इसी प्रकार जिस कुण्डली में बृहस्पति की दृष्टि या युति योग चतुर्थ भाव को अथवा बधको मिल गया हो तो निश्चय से उसकी सन्तान जीवित ही होती है और भाग्यानुमार जीवित रहती है।

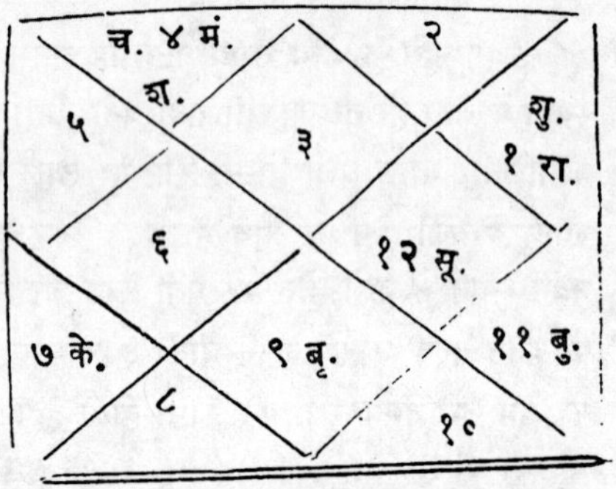

ब्रह्मा मुरारिस्त्रिपुरान्तकारी भानुः शशी भूमिसुतो बुधश्च।
गुरुश्च शुक्रः शनिराहुकेतवः कुर्वन्तु सर्वे मम सुप्रभातम्॥

श्रीगणेशाय नमः

—लोमशसंहिता भावफलम्—

लग्नेशफलम्

लग्नेशे लग्नगे पुंसः स्वदेहस्वभुजाक्रमी।
मनस्वी चाति चाञ्चल्यो द्विभार्यः परगोऽपि वा॥१॥

जिस मनुष्य के जन्मपत्र में लग्नेश लग्न में ही बैठा हो वह मनुष्य अपने शारीरिक परिश्रम या अपने बाहुवल से धन सम्पत्ति का संचय करने वाला होता है

और वह मनुष्य चल-चित्त, चंचल प्रकृति दो स्त्रियों वाला या दो स्त्रियों से सम्बन्ध रखने वाला अथवा दूसरे की स्त्री से अनुचित सम्बन्ध रखने वाला होता है।

लग्नेशे धनगे लाभे सलाभः पोड़ितो नरः।
सुशीलो धर्मविन्मानी बहूदारगुणेर्युतः ॥२॥

जिस मनुष्य के जन्मपत्र में लग्नेश धन स्थान (२) या लाभ स्थान (११) में बैठा हो वह मनुष्य परिश्रम रत रहने पर भी धन लाभ से वंचित रहता है। फिर भी वह सुशील धार्मिक, यानी अति उदार हृदय होने के साथ अनेक गुणों से युक्त होता है।

लग्नेशे सहजे षष्ठे सिंहतुल्यपराक्रमी।
सर्वसंपद्युतो मानी द्विभार्यो मतिमान्सुखी ॥३॥

जिस मनुष्य के जन्मपत्र में लग्नेश भ्रातृ स्थान (३) या रिपु स्थान (६) में बैठा हो वह मनृष्य शेर के समान पराक्रम करने वाला होता है। सभी प्रकार की सम्पत्तियों से युक्त होता है और दूसरों से मान सत्कार चाहने वाला होता है। दो स्त्रियों का पति या दो स्त्रिय. से सम्बन्धित होता है। वह बड़ा ही बुद्धिमान तथा सुख से जीवन व्यतीत करने वाला होता है।

लग्नेशे दशमे तुर्ये पितृमातृसुखान्वितः।
प्रथमापत्यनाशः स्यात् क्रोधी राजप्रवे.कः ॥४॥

जिस मनृष्य के जन्मपत्र में लग्नेश राज्य स्थान (१०) या मातृ स्थान (४) म बैठा हो तो वह मनुष्य माता-पिता के सुख से सुखी रहता है अर्थात् उसके माता-पिता की छत्र छाया उसपर बहुत रहती है या वे इतने धनी होते हैं कि पुत्र या पुत्री उस धन का बहुत समय तक सुख उपभोग कर सकते है। उसके अनेक भाई-बहिन होते हैं वह वासनामय जीवन व्यतीत करने वाला कामी, गुणवान्, दर्शनीय सुन्दर और सरकारी नौकरी वाला होता है।

लग्नेशे पंचमे मानी सुतसौख्यं च मध्यमम्।
प्रथमापत्यनाशः स्यात् क्रोधी राजप्रवेशकः ॥५॥

जिस मनुष्य के जन्मपत्र में लग्नेश पुत्र या विद्या स्थान (५) में बैठा हो, वह मनुष्य मानी-अभिमानी होता है उसे अपने पुत्र से सुख बहुत कम मिलता है। उसको अपनी प्रथम सन्तान अर्थात् ज्येष्ठ सन्तान का शोक देखने को मिलता है अर्थात् उसकी सबसे बड़ी सन्तान की मृत्यु उसकी आँखों के सामने ही हो जाती है। वह बड़ा ही क्रोधी होता है और सरकारी नौकरी करने वाला होता है।

लग्नेशः सप्तमे यस्य भार्या तस्य न जोवति।
विरक्तो वा प्रवासी वा दरिद्रो वा नृपोऽपिवा ॥६॥

जिस मनुष्य के जन्मपत्र में लग्नेश भार्या-स्त्री स्थान (७) में बैठा हो उस मनुष्य की पत्नी उसके सामने ही मर जाती है तत्पश्चात् वह संसार से विरक्त होकर प्रवासी के रूप में इधर उधर भ्रमण करता फिरता है। इन लक्षणों से युक्त मनुष्य निर्धन से लेकर धनाढ्य राजा तक सभी को एक ही दशा होती है। अर्थात् सभी स्त्री मृत्यु के बाद भटकते फिरते हैं।

लग्नेशे व्ययगे चाष्टे सिद्धविद्याविशारदः।
द्यूती चौरो महाक्रोधी परनार्यतिभोगकृत् ॥७॥

जिस मनुष्य के जन्मपत्र में लग्नेश व्यय द्वादश (१२) अथवा मृत्यु (८) स्थान में बैठा हो तो वह तन्त्रविद्या का जानने वाला तान्त्रिक होता है। जुआ खेलने वाला, चोरी करने वाला, अत्यन्त क्रोधी दूसरे की स्त्री से विषय वासना की तृप्ति करने वाला अर्थात् पर स्त्री गामी होता है।

लग्नेशे नवमे पुंसो भाग्यवान् जनवल्लभः।
विष्णुभक्तः पटुर्वाग्मी पुत्रदारधनैर्युतः ॥८॥

जिस मनुष्य के जन्मपत्र में लग्नेश भाग्य स्थान (९) में बैठा हो तो वह मनुष्य बड़ा ही भाग्यवान् जन प्रिय, प्रतिष्ठित होता है। वह बड़ा ही विष्णुका भक्त, चतुर वक्ता या व्याख्यान कर्ता, पुत्र, स्त्री, और धनादि सम्पदा से युक्त होता है। अर्थात् वह सभी प्रकार के ऐश्वर्य से युक्त-सुखी होता है।

द्वितीयभावेश-धनेशफलम्

धनेशे धनसंस्थेतु धनवान्गर्वसंयुतः।
भार्याद्वयं त्रिपंचारि सुतहीनः प्रजायते ॥१॥

जिस मनुष्य के जन्मपत्र में द्वितीय भाव का स्वामी दूसरे स्थान (२) में ही बैठा हो वह मनुष्य बड़ा ही धनवान, घमण्डी तथा धनाभिमानी होता है यदि उसके दो से अधिक तीन चार और पाँच तक भी स्त्रियाँ हों (विवाहित हो अथवा सम्बन्धित हों) तो भी वह पुत्र के सुख से सुखी नहीं होता अर्थात् उसके पुत्र उत्पन्न ही न हो या होकर जीवित न रहे।

धनेशे सहजे तुर्ये विक्रमी मतिमान्गुणी।
परदाराभिगामी च लोभी वा देवनिन्दकः ॥२॥

जिस मनुष्य के जन्मपत्र में दूसरे स्थान का स्वामी (२) भ्रातृ स्थान या मातृ स्थान (३ या ४ में किसी भी एक स्थान) में बैठा हो तो मनुष्य पराक्रम पूर्ण कार्य करने वाला, बुद्धिमान तथा गुणवान होता है। इसके अतिरिक्त वह मनुष्य परस्त्री गामी, लोभी, लालची अथवा देवनिन्दक होता है अर्थात् अधर्म कार्य में रत रहने वाला देवताओं की बुराई करने वाला होता है।

धनेशे रिपुगे शत्रोर्धनं प्राप्नोति निश्चितम्।
शत्रुतो वित्तनाशः स्याद्गुदेचोर्वोर्भवेच्च रुक् ॥३॥

जिस मनुष्य के जन्मपत्र में दूसरे स्थान का स्वामी (२) शत्रु स्थान (६) में बैठा हो उस मनुष्य को निश्चय से शत्रु का धन प्राप्त होता है और उसके शत्रु का धन या नौकरी आदि समाप्त हो जाती है उसके गुप्तांगों में तथा उसकी जाँघों में कोई न कोई रोग अवश्य होता है।

धनेशे सप्तमे वैद्यः परजायाभिगामिकः।
जाया तस्य भवेद्वेश्या मातापि व्यभिचारिणी ॥४॥

जिस मनुष्य के जन्मपत्र में दूसरे स्थान (२) का स्वामी सप्तम या स्त्री स्थान (७) में बैठा हो तो वह मनुष्य वैद्यक-हकीमी या डाक्ट्री का पेशा करने वाला होता

है। और दूसरे की स्त्री से व्यभिचार करने वाला होता है। उसकी अपनी पत्नी वेश्या के समान आचरण करने वाली होती हैं और उसकी माता भी व्यभिचार करने वाली होती है।

धनेशे मृत्युगेहस्थे भूमि द्रव्यं लभेद्ध्रुवम्।
जायासौख्यं भवेत्स्वल्पं ज्येष्ठभ्रातृसुखं नहि ॥५॥

जिस मनुष्य के जन्मपत्र में दूसरे स्थान का स्वामी (२) मृत्यु (८) भाव में बैठा हो तो उस मनुष्य को भूमि के अन्दर का गड़ा हुआ धन प्राप्त होता है किन्तु उसको अपनी स्त्री का सुख बहुत ही कम प्राप्त होता है और उसको अपने बड़े भाई का सुख प्राप्त नहीं होता है अर्थात् या तो उसके बड़ा भाई नहीं होता है या उसकी मृत्यु हो जाती है अथवा वह किसी दूसरे स्थान पर उनसे अलग रहता है।

धनेशे नवमे लाभे धनवानुद्यमी पटुः।
बाल्ये रोगी सुखी पश्चाद्यावदायुः समाप्यते ॥६॥

जिस मनुष्य के जन्मपत्र में दूसरे स्थान का स्वामी भाग्यस्थान या लाभ स्थान (९ या ११) में बैठा हो तो वह मनुष्य धनवान-उद्यमी तथा चतुर होता है। और साथ ही बचपन में बीमार रहता है और फिर सारी आयु सुखी जीवन व्यतीत करता है।

धनेशो दशमे यस्य कामी मानी च पंडितः।
बहूदारो धनैर्युक्तः सुतहीनोऽपि जायते ॥७॥

जिस मनुष्य के जन्मपत्र में दूसरे स्थान का स्वामी राज्यस्थान (१०) में बैठा हो तो वह मनुष्य कामी मानी-अभिमानी और पंडित होता है। वह बहुत ही उदार प्रकृति तथा धनवान होता है और साथ ही सुतहीन, पुत्रहीन होने के भी उसके लक्षण होते हैं।

धनेशे व्ययगे मानी साहसी धनवर्जितः।
जीविका नृपगेहाच्च ज्येष्ठपुत्रसुखं नहि ॥८॥

जिस मनुष्य के जन्मपत्र में दूसरे स्थान का स्वामी व्यय स्थान (१२) में बैठा हो तो वह मनुष्य अभिमानी, साहसी, पराक्रम पूर्ण कार्य करने वाला, निर्धन—धनरहित होता है। उसकी आजीविका राजद्वार से अर्थात् सरकारी नौकरी के द्वारा होती है और उसको अपने सबसे बड़े लड़के का मुख नहीं मिलता अर्थात उसका ज्येष्ठ पुत्र जीवित नहीं रहता अथवा वह अपने लड़के से सदैव पृथक रहता है और किसी भी प्रकार की धन-जन सेवा से वंचित रहता है।

धनेशे च तनौ पुत्री स्वकुटुम्बस्य कंटकः।
धनवान्निष्ठुरः कामी परकार्येषु तत्परः ॥९॥

जिस मनुष्य के जन्मपत्र में दूसरे स्थान का स्वामी लग्न (१) में बैठा हो वह सन्ततिवान तथा सगे सम्बन्धियों से बैर (शत्रुता) रखने वाला होता है। धनवान होता है किन्तु निष्ठुर होता है और दूसरे के कार्य करने में तत्पर रहता है अर्थात परोपकारी होता है।

तृतीय भावेश-पराक्रमेशफलम्

तृतीयेशे तृतीयस्थे विक्रमी सुतसंयुतः।
धनयुक्तो महाहृष्टो भुनक्ति सुखमद्भुतम् ॥१॥

जिस मनुष्य के जन्मपत्र में तीसरे (३) घर का अधिपति पराक्रम या तीसरे (३) हो घर में बैठा हो तो वह मनुष्य बड़ा ही पराक्रम पूर्ण कार्य करने वाला पुत्रादि से युक्त होता है। वह बड़ा ही धनवान स्वस्थ हृष्ट पुष्ट बलवान तथा अद्भुत सुख ऐश्वर्य का भोगने वाला होता है ?

तृतीयेशे सुखे कार्ये पंचमे वा सुखी सदा।
अतिक्रूरा भवेद्भार्या धनाढ्यो मतिमान्भवेत् ॥२॥

जिस मनुष्य के जन्मपत्र में तीसरे (३) घर का अधिपति सुख (४) कर्म (१०) विद्या (५) स्थान में बैठा हो तो वह मनुष्य सदैव सुखमय जीवन व्यतीत करने वाला होता है। उसकी पत्नी बड़े ही क्रूर या क्रोधी स्वभाव की होती है यद्यपि वह स्वयं बड़ा ही धनवान तथा बुद्धिमान होता है।

तृतीयेशे रिपोर्गेहे भ्राता शत्रुर्महाधनी ।
मातुलानां सुखं न स्यान्मातुल्या भोगमिच्छति ॥३॥

जिस मनुष्य के जन्मपत्र में तीसरे (३) घर का अधिपति रिपु या शत्रु (६) स्थान में बैठा हो तो उसका भाई ही उससे शत्रुता रखता है और वह बड़ा ही धनवान होता है । उसको अपने मामा का कोई सुख नहीं होता (मामा की मृत्यु हो जाय या वह निर्धन हो) उपर्युक्त लक्षणों से युक्त मनुष्य अपनी मामी से रति करने की इच्छा रखता है । अर्थात् विषय वासना तृप्त करना चाहता है ।

तृतीयेशे व्यये भाग्ये स्त्रीभिर्भाग्योदयो भवेत् ।
पिता तस्य महाचौरः सुखेऽपि दुःखदर्शकः ॥४॥

जिस मनुष्य के जन्मपत्र में तीसरे (३) घर का अधिपति व्यय (१२) या भाग्य (९) स्थान में बैठा हो तो उसका भाग्योदय स्त्री से होता है अर्थात् जब उसका विवाह हो जाता है तब उसका भाग्योदय हाता है या तो उसको अपने सुसराल से धन माल मिलता है या कोई स्त्री उसको धन देती है । साथ ही उस मनुष्य का पिता चोर होता है और वह सुख में भी दुख का अनुभव करता है ।

तृतीयेशेऽष्टमे द्यूने राजद्वारे मृतिर्भवेत् ।
चौरो वा परगामी वा बाल्ये कष्टं दिने दिने ॥५॥

जिस मनुष्य के जन्मपत्र में तीसरे (३) घर का अधिपति अष्टम (८) या सप्तम (७) स्थान में बैठा हो तो उसकी मृत्यु राजदंड पाकर होती है अर्थात् उसकी मृत्यु जेल में या फाँसी लगकर होती है । वह मनुष्य चोर होता है दूसरे की स्त्री से विषय करने वाला होता है जो कि बचपन में सदा ही रोगी या किसी न किसी प्रकार से कष्ट पाने वाला होता है ।

तृतीयेशे तनौ लाभे स्वभुजार्जितवित्तवान् ।
मूर्खः कृशो महारोगी साहसी परसेवकः ॥६॥

जिस मनुष्य के जन्मपत्र में तीसरे (३) घर का अधिपति लग्न (१) या लाभ एकादश (११) स्थान में बैठा हो तो वह मनुष्य अपने उद्यम तथा पराक्रम से धन

कमाकर धनवान या धनाढ्य होता है। वह मूर्ख, दुर्बल, सदैव रोगी किन्तु साहसी और सदा ही दूसरों की सेवा करने वाला होता है।

गुदाभंजनिकः स्थूलः परभार्याधने रुचिः।
स्वल्पारंभी सुखी न स्यात्तृतीयेशे धनं गते ॥७॥

जिस मनुष्य के जन्मपत्र में तीसरे (३) घर का अधिपति दूसरे (२) स्थान में बैठा हो तो वह मनुष्य छोटे २ कार्य करके जीवन यापन करने वाला होता है किन्तु उन कार्यों से कभी सन्तुष्ट नहीं होता हैं। वह मनुष्य गुदा भंजन करने वाला, स्थूल-मोटा-ताजा होता हैं और दूसरे की स्त्री के धन को हड़पने वाला होता है पर स्त्री के धन को ठगकर धनी बनने की इच्छा रखता है।

चतुर्थं भावेश-सुखेश फलम्

तुर्येशे तुर्यगे मन्त्री भवेत्सर्वधनाधिपः।
चतुरः शीलवान्मानी धनाढ्यः स्त्रीप्रियः सुखी ॥१॥

जिस मनुष्य के जन्मपत्र में चतुर्थ भाव का स्वामी चतुर्थ (४) भाव में ही विद्यमान हो तो ऐसा मनुष्य मन्त्री, धनवान, सब प्रकार से चतुर, शीलवान, मान प्रतिष्ठा चाहने वाला अभिमानी, स्त्रीप्रिय सदैव सुखमय जीवन व्यतीत करने वाला होता है।

तुर्येशे पंचमे भाग्ये सुखी सर्वजनप्रियः।
विष्णुभक्तिरतो मानीस्वभुजार्जितवित्तवान् ॥२॥

जिस मनुष्य के जन्मपत्र में चतुर्थ भाव का स्वामी पांचवें (५) नौवें (९) भाव में से किसी भी भाव में विद्यमान हो तो वह मनुष्य सुख से जीवन व्यतीत करने वाला, सभी वर्ग के मनुष्यों को प्रिय लगने वाला विष्णु की भक्ति में लीन रहने वाला, यानी अपने पराक्रम तथा उद्यम से धन कमाकर, धनवान होता है। अर्थात् उसे दूसरे से यहाँ तक कि माता पिता से भी कोई धन सम्पत्ति प्राप्त नहीं होती है।

सुखेशे शत्रुगेहस्थे तदा स्याद्बहुमातृकः।
क्रोधी चौरोऽभिचारी च दुष्टचित्तो मनस्यपि ॥३॥

जिस मनुष्य के जन्मपत्र में चतुर्थ भाव का स्वामी छटे (६) भाव में विद्यमान हो तो उस मनुष्य की अनेक मातायें होती हैं (अर्थात् उसका पिता बदचलन होता है) और वह क्रोधी होता है, चोरी के कार्य में प्रवीण होता हैं। अभिचारी (मन्त्र-तन्त्र जादू टोना आदि करने वाला, दुष्ट प्रकृति, चंचल चित्त तथा दुष्ट हृदय होता है।

सुखेशे सप्तमे लग्ने बहुविद्यासमन्वितः।
पित्रार्जितधनत्यागी सभायां मूकवद्भवेत् ॥४॥

जिस मनुष्य के जन्मपत्र में चतुर्थ भाव का स्वामी सातवें (७) या लग्न (१) भाव में विद्यमान हो वह मनुष्य अनेक विद्याओं तथा भाषाओं का जानने वाला होता है। अपने पिता द्वारा उचित या कमाये हुए धन से वंजित रहता है अर्थात् पिता के हाथ आये धन को भी छोड़ देता है। सभा समिति में बहुत ही कम बोलता है यानी कि सामाजिक व्यक्ति नहीं होता।

सुखेशे व्ययरन्ध्रस्थे सुखहीनो भवेन्नरः।
पितृसौख्यं भवेदल्पं, क्लीवो वा जारजोऽपि वा ॥५॥

जिस मनुष्य के जन्मपत्र में चतुर्थ भाव का स्वामी बारहवें (१२) या आठवें (८) भाव में विद्यमान हो वह मनुष्य सुख-रहित होता है अर्थात् सदैव दुखी जीवन व्यतीत करता है। क्योंकि उसको पिता का सुख भी बहुत ही कम होता है। वह मनुष्य या तो नपुंसक होता है या फिर वह जार का कार्य करने वाला होता है।

सुखेशे कर्मगेहस्थे राजमान्यो भवेन्नरः।
रसायनी महाहृष्टो भुनक्ति सुखमद्भुतम् ॥६॥

जिस मनुष्य के जन्मपत्र में चतुर्थ भाव का स्वामी दशम (१०) भाव में विद्यमान होता है वह मनुष्य सरकारी नौकरी पर अच्छे ओहदे में होता है अफसर बनता है समय आने पर। रसायन शास्त्र का जानने वाला, सोना चाँदी फूकने वाला, वैद्य डाक्टर, दवाई आदि बनाने वाला होता है। हृष्ट-पुष्ट स्वस्थ तथा अलौकिक सुख ऐश्वर्य का भोगने वाला होता है।

सुखेशे सहजे लाभे नित्यरोगी भवेन्नरः।
उदारो गुणवान्दाता स्वभुजार्जितवित्तवान ॥७॥

जिस मनुष्य के जन्मपत्र में चतुर्थ भाव का स्वामी तीसरे (३) या एकादश (११) भाव में विद्यमान होता है वह मनुष्य सदैव बीमार रहता है। वह बड़ा ही उदार गुणवान दाता परोपकारी, तथा अपने उद्यम पराक्रम आदि से धन कमाकर धनाढ्य बनता है।

सर्वसभ्ययुतो मानी साहसी कुहुकान्वितः।
कुटुम्बसंयुतो भोगी सुखेशे च धनं गते ॥८॥

जिस मनुष्य के जन्मपत्र में चतुर्थ भाव का स्वामी धन या दूसरे (२) भाव में विद्यमान होता है वह सभी सभ्य समाज में आदरणीय, साहसी, पराक्रमी, मधु-भाषी, कोमल वाणी, कुटुम्ब से युक्त, भोग विलास में रहकर धन का उपभोग करने वाला होता है।

पंचमभावेश–सुतेशफलम्

सुतेशः पंचमे यस्य तस्य पुत्रो न जीवति।
क्षणिकः क्रूरभाषी च धार्मिको मतिमान्भवेत् ॥१॥

जिस मनुष्य के जन्मपत्र में पंचमेश पंचम (५) स्थान में उपस्थित हो उसका प्रथम पुत्र जीवित नहीं रहता है अर्थात् प्रथम सन्तान यदि लड़का हो तो उसकी मृत्यु उपर्युक्त लक्षणों से युक्त जन्मपत्र वाले मनुष्य के सामने ही हो जाती है वह मनुष्य क्षणिक बुद्धि, कठोर वचन कहने वाला, धार्मिक प्रवृत्ति वाला होता है।

सुतेशे षष्ठारिफस्थे पुत्रः शत्रुत्वमाप्नुयात्।
मृतापत्यो ग्राह्यपुत्रो धनपुत्रोऽथवा भवेत् ॥२॥

जिस मनुष्य के जन्मपत्र में पंचमेश यदि छटे (६) या द्वादश स्थान (१२) में उपस्थित हो तो उसका लड़का अपने पिता से शत्रुओं जैसा व्यवहार करने वाला होता है। अथवा वह पुत्र रहित होता है अर्थात् उसके लड़के की मृत्यु हो जाती है और वह धन के बदले में लड़का मोल लेकर या किसी को गोद लेकर पुत्रवान होता है।

सुतेशे कामगे मानी सर्वधर्मसमन्वितः।
तुंगयष्टिस्तनुः स्वामी भक्तियुक्तैकचेतसः ॥३॥

जिस मनुष्य के जन्मपत्र में पंचमेश यदि सप्तम (७) स्थान में उपस्थित हो तो वह दूसरों से आदर चाहने वाला, सभी धर्मों में समान आस्था रखने वाला, लम्बा-शरीर, पूज्य, भक्ति युक्त चित्त अर्थात् ध्यानावस्थित रहने वाला होता है।

सुतेशे चायुषि वित्ते बहुपुत्र्यो न संशयः।
कासश्वासी सुखी न स्यात्क्रोधयुक्तो धनान्वितः ॥४॥

जिस मनुष्य के जन्मपत्र में पंचमेश यदि अष्टम (८) या दूसरे (२) स्थान में उपस्थित हो तो उस मनुष्य के बहुत सी लड़कियाँ होती हैं। इसमें कोई सन्देह नहीं है। उसे खाँसी-स्वाँस आदि रोग होते हैं इसलिये उसे सुख नही होता है क्रोध बहुत आता है और वह धनवान भी होता है।

सुतेशे नवमे कार्ये पुत्रो भूपसमो भवेत्।
अथवा ग्रन्थकर्ता च विख्यातः कुलदीपकः ॥५॥

जिस मनुष्य के जन्मपत्र में पंचमेश यदि नवम (९) दशम (१०) स्थान में उपस्थित हो तो उस मनुष्य का लड़का राजा के समान ऐश्वर्य भोगने वाला होता है अर्थात् औफीसर होता है तथा वह ग्रन्थकर्त्ता पुस्तकें लिखने वाला लेखक, विख्यात, प्रसिद्ध तथा कुलदीपक होता है। अर्थात् कुल का उद्धार करने वाला होता है।

सुतेशे लाभभवने पंडितो जनवल्लभः।
ग्रन्थकर्ता महादक्षो बहुपुत्रधनान्वितः ॥६॥

जिस मनुष्य के जन्मपत्र में पंचमेश यदि एकादश (११) स्थान में उपस्थित हो तो वह मनुष्य बड़ा विद्वान् पंडित, मनुष्यों को प्यारा, पुस्तकें लिखने वाला, अत्यन्त चतुर, अनेक पुत्रों से युक्त तथा धनवान होता है।

सुतेशे लग्न-सहजे मायावी पिशुनो महान्।
लोष्ठं तु दत्तवान्नैव क्वचिद्द्रव्यस्य का कथा ॥७॥

जिस मनुष्य के जन्मपत्र में पंचमेश यदि लग्न (१) या सहज (३) स्थान में से किसी भी एक स्थान मे उपस्थित हो तो वह मनुष्य बड़ा हो मायाबी चुगलखोर

होता है और किसी को हाथ से मिट्टी भी न देने वाला होता है तो वह किसी को धन क्या देगा अर्थात वह बड़ा ही कृपण लालची कंजूस या मक्खी चूसहोता है।

सुतेशे मातृभवने चिरं मातृसुखं भवेत्।
लक्ष्मीयुक्तः सुबुद्धिश्च सचिवोप्यथवा गुरुः ॥८॥

जिस मनुष्य के जन्मपत्र में पंचमेश यदि चतुर्थ (४) स्थान में उपस्थित हो तो उसकी माता की आयु काफी होती है अर्थात् मातृ सुख बहुत समय तक मिलता है। वह बड़ा ही धनवान सुबुद्धि (सत्कार्य करने वाला), राज्यमन्त्री या राजगुरु होता है अर्थात् राज्य से सम्बन्ध रखने वाला नौकर या उच्च पद पर नियुक्त होता है।

लोमशसंहिता-भावफलम्

षष्ठेशे रिपुभावस्थे स्वजातिः शत्रुवद्भवेत्।
परजातिर्भवेन्मित्रं भूमौ न चलति ध्रुवम् ॥१॥

जिस मनुष्य के जन्मपत्र में रिपु भाव का स्वामी यदि छठे (६) भाव में विद्यमान हो तो वह मनुष्य अपनी जाति, स्वजन, इष्ट मित्र सम्बन्धियों के साथ शत्रु (दुश्मन) जैसा व्यवहार करता है वह दूसरी जाति के मनुष्यों से मित्रता रखता है इतना अभिमानी या घमण्डी होता है कि मानो वह पृथ्वी पर पग नहीं रखना चाहता यह सत्य ही है।

षष्ठेशे सप्तमे लाभे लग्ने वा कीर्तिमान्भवेत्।
धनवान्गुणवान्मानी साहसी पुत्रवर्जितः ॥२॥

जिस मनुष्य के जन्मपत्र में रिपु भाव का स्वामी सप्तम (७) लाभ (११) और लग्न (१) भाव में विद्यमान हो तो वह मनुष्य कीर्तिमान अर्थात् यश, बड़ाई और आदर पाने वाला होता है उसके पास बहुत सा धन होता है वह गुणवान तथा स्वाभिमानी, साहसी पराक्रमी होता है किन्तु उसके पुत्र नही होता।

षष्ठेशोऽष्टमरिःफस्थे रोगी शत्रुर्मनीषिणाम्।
परजायाभिगामी च जीवहिंसासु तत्परः ॥३॥

जिस मनुष्य के जन्मपत्र में रिपु भाव का स्वामो आठवें (८) बारहवें (१२) भाव में विद्यमान हो तो वह मनुष्य सदैव बीमार रहने वाला मनीषियों (विचारवानों) से शत्रुता रखने वाला होता है। दूसरे की भार्या से गमन करने वाला जीव हिंसा करने के लिए सदैव तत्पर रहता है!

षष्ठेशो नवमे यस्य काष्ठपाषाणविक्रयी।
व्यवहारे क्वचिद्धानिः क्वचिद्वृद्धिः प्रजायते ॥४॥

जिस मनुष्य के जन्मपश में रिपु भाव का स्वानी नवम (९) भाव में विद्यमान हो तो वह मनुष्य लकड़ी-पत्थर नग आदि का क्रय विक्रय करने वाला व्यापारी होता है और व्यापार में उसे कमी हानि होती है कभी लाभ होता है।

षष्ठेशे कर्मवित्तस्थे साहसी कुलविश्रुतः।
परदेशसुखी वक्ता स्वकर्मे चैकनिष्ठितः ॥५॥

जिस मनुष्य के जन्मपत्र में रिपु भाव का स्वामी दशम (१०) या दूसरे (२) भाव में से किसी एक में भा विद्यमान हो तो वह मनुष्य पराक्रम पूर्ण कार्य करने बाला अपने कुल को उठाने वाला, परदेश में सुख से रहने वाला, सुवक्ता अच्छा प्रवचन करने वाला, चतुर तथा निजी कार्य मे निष्ठावान होता है।

षष्ठेशे सहजे तुर्ये क्रोधेन रक्तलोचनः।
मनस्वी पिशुनो द्वेषो चलचित्तोऽतिवित्तवान् ॥६॥

जिस मनुष्य के जन्मपत्र में रिपु भाव का स्वामी तीसरे (३) चौथे (४) भाव में से किसी भी एक स्थान में विद्यमान हो तो उस मनुष्य को बहुत ही क्रोध आता है और उसके दोनों नेत्र रक्तिम रहते हैं अर्थात् उसकी आँखें लाल रहती हैं। वह मनुष्य बड़ा ही चुगुलखोर, दूमरों से द्वेष करने वाला, चचल चित्त (अर्थात् दूसरों की स्त्री पर तवियत रखने वाला) और धनवान होता है।

षष्ठेशः पंचमे यस्य चलं मित्रधनादिकम्।
दयायुक्तः सुखी सौम्यः स्वकार्ये चतुरो महान् ॥७॥

जिस मनुष्य के जन्मपत्र में रिपु भाव का स्वामी पांचवें (५) भाव में विद्यमान हो तो उस मनुष्य के सड़क चलते बहुत से भित्र हो जाते हैं जिनसे उसको

धन की प्राप्ति होती रहती हैं। वह बड़ा ही दयावान, सुखमय जीवन व्यतीत करने वाला शान्त हृदय और अपने कार्य करने तथा दूसरों से कार्य करवाने में बड़ा ही चतुर होता है।

सप्तमभावेश-स्त्रीश फलम्

सप्तमेशे तनौ चाग्ने परजायासु लम्पटः।
दुष्टो विचक्षणो धीरो वातरुक स्थीयते हृदि ॥१॥

जिस मनुष्य के जन्मपत्र में सप्तम स्थान का अधिपति यदि लग्न (१) या सप्तम (७) भाव में बैठा हो, तो वह मनुष्य दुश्चरित्र होता हैं और पर स्त्री रमण करने वाला होता है यह दुष्टप्रकृति, वाचाल, धीरे धीरे कार्य करने वाला, वायु, पीड़ा से विकल रहने वाला हृदय रोगी होता है।

जायेशे चाष्टमे षष्ठे रोगिणी चैव कामिनी।
भवेदपि च जायातो न सुखं लभते क्वचित् ॥२॥

जिस मनुष्य के जन्मपत्र में सप्तम स्थान का अधिपति यदि आठवें (८) या छठे (६) भाव में बैठा हो तो उस मनुष्य की स्त्री सदैव बीमार रहती है और उसे कभी भी स्त्री सुख प्राप्त नहीं होता हैं।

द्यूनेशे नवमे वित्ते नानास्त्रीभिः समागमः।
आरम्भे दीर्घसूत्री च स्त्रीषु चित्तं हि केवलम् ॥३॥

जिस मनुष्य के जन्मपत्र में सप्तम स्थान का अधिपति यदि नवम (९) या दूसरे (२) भाव में बैठा हो तो वह मनुष्य अनेक स्त्रियों से समागम (विषय) करने वाला होता है उसके हृदय में सदैव महिलाओं का ही केवल ध्यान रहता है इसलिए वह प्रत्येक कार्यारम्भ में आलसी ही रहता है अर्थात् वह प्रत्येक कार्य सुस्ती से करता हैं।

द्यूनेशे दशमे तुर्ये नास्य जाया पतिव्रता।
धर्मात्मा सत्यसंयुक्तः केवलं दन्तरोगवान् ॥४॥

जिस मनुष्य के जन्मपत्र में सप्तम स्थान का अधिपति यदि दशम (१०) या चतुर्थं (४) भाव में बैठा हो तो उस मनुष्य की स्त्री पतिव्रता नहीं होती किन्तु

वह मनुष्य धर्मात्मा, सत्यवादी धर्मनिष्ठ होता है केवल उसके दांतों में कोई न कोई रोग अवश्य होता है।

द्यूनेशे सहजे लाभे मृतपुत्रः प्रजायते।
कदाचिज्जीवति कन्या पश्चात्पुत्रोऽपि जायते ॥५॥

जिस मनुष्य के जन्मपत्र में सप्तम स्थान का अधिपति यदि तीसरे (३) या ग्यारहवें (११) भाव में बैठा हो तो उस मनुष्य के पुत्र जीवित नहीं रहता है। कदाचित कन्या के पश्चात् उत्पन्न हुआ ही पुत्र जीवित रह सकता है।

द्वादशस्थे सप्तमेशो दरिद्रः कृपणो महान्।
चारु कन्या भवेद्भार्या वस्त्राजीवी च निर्धनी ॥६॥

जिस मनुष्य के जन्मपत्र में सप्तम स्थान का अधिपति बारहवें (१२) स्थान में बैठा हो तो वह मनुष्य बड़ा ही दरिद्रा, कृपण, लालची तथा धनलोलुप होता है उसकी कन्या तथा पत्नी देखने में सुन्दर होती है वह वस्त्र (कपड़ा) क्रय विक्रय से जीवन यापन करने वाला सदा ही निर्धन या गरीब रहता है।

सर्वगुणयुतो मानी भवेत् सर्वधनाधिपः।
सदैव हर्षसंयुक्तः सप्तमेशो सुते स्थिते ॥७॥

जिस मनुष्य के जन्मपत्र में सप्तम स्थान का अधिपति पांचवें (५) भाव में बैठा हो तो वह मनुष्य सर्वगुणसम्पन्न, स्वाभिमानी, बड़ा ही धनाढ्य, माल तथा सर्वदा प्रसन्न चित्त रहने वाला सुखी होता है।

अष्टम भावेश–निधनेशफलम्

द्यूती चौरोऽन्यथावादी गुरुनिन्दासु तत्परः।
अष्टमेशोऽष्टमस्थाने भार्या पररता भवेत् ॥१॥

जिस मनुष्य के जन्मपत्र में अष्टम स्थान का स्वामी आठवें (८) स्थान में बैठा हो तो वह मनुष्य जुआ खेलने वाला, चोरी करने वाला, और व्यर्थ वाद-विवाद करने वाला होता है। और परस्त्री गमन करने वाला होता है।

अष्टमेशो तपःस्थाने महापापी च नास्तिकः।
सुतहाप्यथवा बन्ध्या परभार्याधने रुचिः ॥२॥

जिस मनुष्य के जन्मपत्र में अष्टम स्थान का स्वामी नौवें (९) स्थान में बैठा हो तो वह मनुष्य महापाप करने वाला तथा नास्तिक (ईश्वरनिन्दक) होता हैं। उसकी स्त्री बन्ध्या होती है और वह पुत्र रहित होता है उसकी चित्तवृत्ति किसी दूसरे की स्त्री व धन को हड़पने में लगी रहती हैं।

सुखत्रिकर्मण्यष्ठेशे पिशुनो बन्धुवर्जितः।
मातापित्रोर्भवेन्मृत्युः स्वल्पकालेन भीतियुक् ॥३॥

जिस मनुष्य के जन्मपत्र में अष्टम स्थान का स्वामी चौथे (४) तीसरे (३) दसवें (१०) आदि में किसी एक में भी हो तो वह मनुष्य चुगलखोर तथा भाई रहित होता है। माता-पिता से खुनक रखने वाला होता है और उनकी मृत्यु उसके डर से ही हो जाती है।

अष्टमेशे सुते लाभे तस्य बृद्धिर्न जायते।
द्रव्यं न स्थीयते गेहे स्थिरबुद्धिर्भवेज्जनः ॥४॥

जिस मनुष्य के जन्मपत्र में अष्टम स्थान का स्वामी पांचवें (५) ग्यारहवें (११) स्थान में से किसी एक स्थान में हो उसकी किसी भी प्रकार की उन्नति नहीं होती है। स्थिर बुद्धि होते हुए भी उसके घर में धन की सदैव कमी रहती हैं।

अष्टमेशे व्यये षष्ठे नित्यं रोगी प्रजायते।
जलसर्पादिकाघाताद्धानिःभवेत्तस्य न शैशवे ॥६॥

जिस मनुष्य के जन्मपत्र में अष्टम स्थान का स्वामी बारहवें (१२) या छठे (६) स्थान में से किसी एक स्थान में भी बैठा हो तो वह मनुष्य सदा ही बीमार रहता है उसको जल में डुबकी खाकर या सांप बिच्छू आदि जहरीले जीव से बचपन को छोड़कर, किसी भी समय उनके आघात से हानि हो सकती है।

अष्टमेशे तनौ कामे भार्यायुग्मं समादिशेत्।
विष्णुद्रोहरतो नित्यं व्रणरोगी प्रजायते ॥६॥

जिस मनुष्य के जन्मपत्र में अष्टम स्थान का स्वामी लग्न (१) या सप्तम (७) स्थान में से किसी एक में भी बैठा हो तो वह मनुष्य दो स्त्रियों वाला होता है अर्थात यह आवश्यक नहीं है कि उसके दो ही विवाह हों या कि एक विवाह हो

और दूसरी स्त्री से उसका अनुचित सम्बन्ध रहे वह विष्णु या विष्णुभक्तों से द्रोह करने वाला होता है और सदैव किसी न किसी रक्त विकार या घाव चोट आदि से पीड़ित रहता है।

धनं तस्य भवेत्स्वल्पं गतं वित्तं न लभ्यते।
अष्टमेशे धने वाहुबलहीनः प्रजायते ॥७॥

जिस मनुष्य के जन्मपत्र में अष्टम स्थान का स्वामी दूसरे (२) भाव में बैठा हो तो उसके पास बहुत ही थोड़ा धन होता है उसको उसका खोया हुआ या चोरी गया धन नहीं प्राप्त होता है अर्थात् वह कोई भी पराक्रम पूर्ण कार्य नहीं कर सकता। अर्थात् वह दुर्बल ही रहता है।

नवम भावेश– भाग्येशफलम्

धनधान्ययुतो नित्यं गुण सौन्दर्य संयुतः।
बहुभ्रातृसुखं युक्तं भाग्येशे नवमे स्थिते ॥१॥

जिस मनुष्य के जन्मपत्र में भाग्येश (भाग्य स्थान का मालिक) नवम (९) स्थान में उपस्थित हो तो वह मनुष्य धन धान्य, अन्न-धन सम्पत्ति आदि से सम्पन्न होता है। वह बहुत गुणों से युक्त और दर्शनीय – देखने में सुन्दर होता है। उसके अनेक भाई बहिन होते हैं जो कि उसके सहित सभी सुखी रहते हैं।

भाग्येशे दशमे तुर्ये मन्त्री सेनापतिर्भवेत्।
पुरायवान्सुयशा वाग्मी साहसी क्रोधवर्जितः ॥२॥

जिस मनुष्य के जन्मपत्र में भाग्य स्थान का मालिक दशम (१०) चतुर्थ (४) स्थान में से किसी भी एक स्थान में उपस्थित हो तो वह मनुष्य राज्यमन्त्री या सेना अधिपति होता हैं। दानपुण्य करने वाला, श्रेष्ठ कीर्ति वाला, प्रतिष्ठावान, विलक्षण, चतुर बोलने वाला साहस पाराक्रम से कार्य करने वाला बड़ा ही शान्त चित्त, क्रोध रहित होता है।

भाग्येशे पंचमे लाभे भाग्यवाञ्जनवल्लभः।
गुरुभक्तिरतो मानी धीरो-धीरगुणैर्युतः ॥३॥

जिस मनुष्य के जन्मपत्र में भाग्य स्थान का मालिक पांचवें (५) एकादश (११) स्थान में से किसी भी एक स्थान में बैठा हो तो वह मनुष्य बड़ा ही भाग्य-

वान, जनप्रिय, जनप्रतिनिधि, गुरुभक्त, स्वभिमानी, धैर्यवान, आदि अनेक सद्गुणों से युक्त होता है।

भाग्येशोऽरौ लये रिःफे भाग्यहीनो भवेद्ध्रुवम्।
मातुलस्तस्य च न स्याज्ज्येष्ठभ्रातृसुखं नहि ॥४॥

जिस मनुष्य के जन्मपत्र में भाग्यस्थान का मालिक छठे (६) बारहवें (१२) स्थान में से किसी भी एक स्थान में विद्यमान हो तो वह मनुष्य भाग्यहीन ही रहता है उसको अपने मामा तथा अपने बड़े भाई का सुख नहीं मिलता अर्थात् उसके मामा और बड़ा भाई नहीं होता यदि होते हैं तो निर्धन या पागलादि होते हैं जिससे उसे सुख नहीं होता।

भाग्येशो च मदे लग्ने गुणवान् कीर्तिवान्भवेत्।
कदाचिन्न भवेत्सिद्धिर्यत्कार्यं कर्तुमिच्छति ॥५॥

जिस मनुष्य के जन्मपत्र में भाग्य स्थान का मालिक सप्तम (७) लग्न (१) स्थान में से किसी एक स्थान में उपस्थित हो तो वह मनुष्य बड़ा ही गुणवान तथा यशस्वी कीर्तिमान् होता है। उसको उस कार्य में जिसको कि वह करना चाहता है प्रयत्न करने पर भी सिद्धि कम ही मिलती है। अर्थात् बहुत परिश्रम करने पर थोड़ा कार्य सिद्ध होता है।

भाग्येशो सहजे वित्ते सदा भाग्यानुचिन्तकः।
धनवान्गुणवान्कामी पंडितो जनवल्लभः ॥६॥

जिस मनुष्य के जन्मपत्र में भाग्य स्थान का मालिक तीसरे (३) दूसरे (२) स्थान में से किसी भी एक स्थान में उपस्थित हो तो वह मनुष्य सदा सर्वदा अपनी भाग्योन्नति के विषय में ही चिन्ता करता रहता है अर्थात् अपनी उन्नति के बारे में सोचता तो बहुत है किन्तु उतना शील नहीं रहता। वह बड़ा ही धनवान, गुणवान, कामी (विषयी), पंडित विद्वान, साक्षर तथा मनुष्यों को प्रिय या ओफीसर या मनुष्यों पर शासन करने वाला होता है।

दशम भायेश-राज्येशफलम्

दशमेशे सुखे कर्मे ज्ञानवान्सुखी विक्रमी।
गुरुदेवार्चनरतो धार्मिकोऽसत्यसंयुतः ॥१॥

जिस मनुष्य के जन्मपत्र में राज्यस्थान का अधिपति चौथे (४) और दशम (१०) और नवें (९) स्थान में बैठे हों तो वह मनुष्य ज्ञानवान, सुखी और पराक्रम पूर्ण कार्य करने वाला, गुरु का भक्त देवताओं की पूजा करने वाला, धार्मिक, असत्य वक्ता अर्थात् झूंठ बोलने वाला होता है।

दशमेशे सुते लाभे धनवान्पुत्रवान्भवेत् ।
सर्वदा हर्षसंयुक्तः सत्यवादी सुखी नरः ॥२॥

जिस मनुष्य के जन्मपत्र में राज्यस्थान का स्वामी यदि पांचवें (५) ग्यारहवें (११) स्थान में से किसी भी स्थान में बैठा हो तो वह मनुष्य बड़ा ही धनवान, पुत्रवान सदैव प्रसन्न रहने वाला सत्य पर आरूढ़, सत्य बोलने वाला सदा ही सुख से जीवन व्यतीत करने वाला होता है।

कर्मेशोऽरिव्ययाष्टस्थः शत्रुभिः परिपीड़ितः ।
चातुर्यगुणसम्पन्नः क्वचिच्च न सुखी नरः ॥३॥

जिस मनुष्य के जन्मपत्र में राज्यस्थान का मालिक यदि छटे (६) बारहवें (१२) या आठवें (८) स्थान में से किसी एक स्थान में भी विद्यमान हो तो वह मनुष्य अपने शत्रुओं से दुख पाता है। यद्यपि वह चातुर्य गुण से सम्पन्न होता है अर्थात् बात करने में बड़ा ही होशयार होता है फिर भी उसे सुख प्राप्त नहीं होता है अर्थात् वह दुखी ही रहता है।

दशमाधिपतौ लग्ने कविता‌गुणसंयुतः ।
वाल्ये रोगी सुखी पश्चादर्थवृद्धिर्दिनेदिने ॥४॥

जिस मनुष्य के जन्मपत्र में राज्य स्थान का अधिपति यदि लग्न (१) में उपस्थित हो तो वह मनुष्य कवित्वशक्ति से परिपूर्ण होता है अर्थात् वह कवि होता है वह अपनी वाल्यावस्था अर्थात् बचपन में बीमार रहता है जैसे-जैसे उसकी आयु बढ़ती जाती है वैसे-वैसे ही उसके पास धन दिनोंदिन बढ़ता जाता है और वह मनुष्य सुखमय जीवन व्यतीत करने लगता है।

धने मदे च सहजे कर्मेशो यदि संस्थितः ।
मनस्वी गुणन्वाग्मी सत्यधर्मसमन्वितः ॥५॥

जिस मनुष्य के जन्मपत्र में राज्यस्थान का स्वामी यदि दूसरे (२) मद (७) तथा तीसरे (३) स्थान में से किसी भी एक स्थान में बैठा हो तो वह मनुष्य बड़ा ही गुणवान विचक्षण (स्पष्ट वक्ता) सत्य बोलने वाला और धर्मपरायण होता है अर्थात् धर्म कार्यों में रत रहने वाला होता है।

एकादशभावेश-लाभेशफलम्

लाभेशे संस्थिते लाभे स वाग्मी जायते ध्रुवम् ।
पांडित्यं कविता चैव वर्द्धते च दिने दिने ॥१॥

जिस मनुष्य के जन्मपत्र में एकादश स्थान (११) का स्वामी यदि एकादश (११) स्थान में ही विद्यमान हो तो वह मनुष्य प्रवीण वक्ता या बोलने में बड़ा ही होश्यार या चतुर होता है वह स्थिर बुद्धि विद्वान् और कवित्व शक्ति से परिपूर्ण होता है और उसकी कविता दिन प्रति दिन बढ़ती रहती है।

प्राप्तिस्थानाधिपे रिःफे म्लेच्छसंसर्गकारकः ।
कामुको वहुकान्तश्च क्षणिको लम्पटः सदा ॥२॥

जिस मनुष्य के जन्मपत्र में एकादश स्थान (११) का स्वामी यदि बारहवें (१२) स्थान में उपस्थित हो तो मनुष्य म्लेच्छ या नीच जाति के साथ रहने वाला होता है। बड़ा ही कामी और अनेक स्त्रियों से सम्बन्ध रखने वाला होता है क्षणिक बुद्धि तथा लम्पट प्रकृति होता है।

लाभेशे संस्थिते लग्ने धनवान्सात्विको महान् ।
समदृष्टिर्महावक्ता कौतुकी च भवेत्सदा ॥३॥

जिस मनुष्य के जन्मपत्र में एकादश (११) स्थान का स्वामी यदि लग्न (१) स्थान में बैठा हो तो वह मनुष्य धनवान, सात्विक प्रकृति (सज्जन) समदृष्टि सबके साथ समान व्यवहार करने वाला, महामहोपदेशक (पर्याप्त बोलने वाला) और कौतुकपूर्ण या अचम्भे में डालने वाली बातें करने वाला होता है कोई बाजीगर भी होता है।

लाभेशे च सुखे पुत्रे नाना सुखसमन्वितः ।
पुत्रवान्धार्मिकश्चैव सर्वसिद्धिप्रदायकः ॥४॥

जिस मनुष्य के जन्मपत्र में एकादश (११) स्थान का स्वामी यदि चौथे (४) या पांचवें (५) स्थान में से किसी भी एक स्थान में उपस्थित हो तो वह मनुष्य अनेक प्रकार से सुखी होता है उसके पुत्र भी होते हैं। वह धार्मिक प्रकृति होता है और सब प्रकार से सिद्धि प्रदायक होता है।

लाभेशे सहजे वित्ते तीर्थेषु तत्परो महान्।
कुशलः सर्वकार्येषु केवलः शूलरोगवान् ॥५॥

जिस मनुष्य के जन्मपत्र में एकादश स्थान (११) का स्वामी यदि तीसरे (३) दूसरे (२) स्थान में से किसी एक स्थान में बैठा हो तो वह मनुष्य तीर्थयात्रा के लिये सदैव तत्पर रहता है और सभी कार्य करने में प्रवीण होता है किन्तु उसे शूल का दर्द नामक रोग अवश्य होता है।

लाभेशे षष्ठभवने नानारोगसमन्वितः।
सर्वं सुखं भवेत्तस्य प्रवासी परसेवकः ॥६॥

जिस मनुष्य के जन्मपत्र में एकादश (११) स्थान का स्वामी यदि छटे (६) स्थान में उपस्थित हो तो उसको अनेक बीमारियों का सामना करना पड़ता है वह परदेश में रहनेवाला, पर सेवक या नौकरी पेशा करने वाला होता है और वह इसी में सब प्रकार के सुखों का अनुभव करने वाला होता है।

लाभेशे सप्तमे रन्ध्रे भार्या तस्य न जीवति।
उदारो गुणवान्कर्मी मूर्खो भवति निश्चितम् ॥७॥

जिस मनुष्य के जन्मपत्र में एकादश (११) स्थान का स्वामी यदि सप्तम (७) अष्टम (८) स्थान में से किसी भी स्थान में विद्यमान हो तो उस मनुष्य की स्त्री की मृत्यु हो जाती है, वह उदार गुणी; वक्ता आदि होने पर भी निश्चय पूर्वक अपढ़ या मूर्ख जैसा व्यवहार करने वाला होता है।

लाभेशे दशमे धर्मे राजपूज्यो धनाधिपः।
चतुरः सत्यवादी च निजधर्मसमन्वितः ॥८॥

जिस मनुष्य के जन्मपत्र में एकादश (११) स्थान का स्वामी यदि दशम (१०) नवम (९) स्थान में से किसी भी स्थान में बैठा हो तो वह मनुष्य राजा से सम्मान

पाने वाला (बड़ा ऑफीसर) या सेनापति भी हो सकता है वह बड़ा ही चतुर, सख्त बोलने वाला, अपने वंश परम्परागत धर्म-कर्मगत रहने वाला होता है।

द्वादशभावेश-व्ययेश फलम्

व्ययेशेऽरिव्यये तुर्ये मातृमृत्युविचिन्तकः।
क्रोधी सन्तानदुःखी च परजायासु लम्पटः ॥१॥

जिस मनुष्य के जन्मपत्र में बारहवें भाव का अधिपति, छटे (६) बारहवें (१२) और चौथे (४) स्थान में से किसी भी एक स्थान में उपस्थित हो तो वह मनुष्य अपनी माता की मृत्यु को चाहने वाला होता है। उसको क्रोध (गुस्सा) बहुत आता है और सन्तान की ओर से दुखी होता है। अर्थात् या तो सन्तान नहीं होती अगर होती है तो सुपात्र नहीं होती उसे दुख ही देती है। वह मनुष्य लम्पट दूसरे की स्त्री से गमन करने वाला होता है।

व्ययेशे मदने लग्ने जायासौख्यं भवेन्नहि।
दुर्बलः कफरोगी च धनविद्याविवर्जितः ॥२॥

जिस मनुष्य के जन्मपत्र में बारहवें स्थान का मालिक सातवें (७) या पहले (१) स्थान में से किसी भी एक स्थान में बैठा हो तो उस मनुष्य को अपनी स्त्री का सुख नहीं मिलता। या तो उसकी स्त्री बीमार रहती है या फिर उसकी स्त्री की मृत्यु हो जाती है। वह सदैव कफ रोग से रोगी रहने के कारण निर्बल ही दिखाई देता है। उसके पास धन नहीं जुड़ता और वह पूर्ण रूप से विद्याध्ययन भी नहीं पार पाता है।

व्ययेशे द्वितीये रन्ध्रे विष्णुभक्तिसमन्वितः।
धार्मिको प्रियवादी च सम्पूर्णगुणसंयुतः ॥३॥

जिस मनुष्य के जन्मपत्र में बारहवें भाव का स्वामी दूसरे (२) आठवें (८) स्थान में से किसी भी एक स्थान में विद्यमान हो तो वह मनुष्य ईश्वर का भक्त आस्तिक, धार्मिक, धर्म कर्म करने वाला, मधुभाषी-मीठा बोलने वाला, चतुर, सब प्रकार के सद्गुणों से युक्त होता है अर्थात् उसका व्यवहार किसी को रूष्ट या नाराज नहीं होने देता।

भार्याद्वेषी, प्रियद्वेषी, गुरुद्वेषी भवेन्नरः।
व्ययेशे सहजे धर्मे स्वशरीरस्य पोषकः ॥४॥

जिस मनुष्य के जन्मपत्र में बारहवें स्थान का अधिपति तीसरे (३) नवें (९) स्थान में से यदि किसी भी स्थान में हो तो वह मनुष्य अपने शरीर का ही पालन पोषण करने वाला होता है। केवल अपने स्वास्थ्य का ही ध्यान रखने वाला होता है इसके अतिरिक्त वह नारी जाति से अपने प्रिय स्वजन समुदाय से तथा अपने दीक्षित गुरु से भी द्वेष करने वाला होता है अर्थात् वह सभी से ईर्ष्या द्वेष तथा जलन रखने वाला होता है।

व्ययेशे दशमे लाभे पुत्रे सौख्यं भवेन्नहि।
मणिमाणिक्यमुक्तादिधनं किंचित्समालभेत् ॥५॥

जिस मनुष्य के जन्मपत्र में बारहवें भाव का स्वामी दशम (१०) या एकादश (११) स्थान में से किसी एक स्थान में भी विद्यमान हो तो उस मनुष्य को पुत्र से सुख की प्राप्ति नहीं होती हैं अर्थात् या तो पुत्र ही न हो या होके मर जाय या फिर कुपुत्र ही हो। फिर भी उसको समय आने पर अपने जीवन में किसी भी समय मणि माणिक्य मोती आदि का लाभ अवश्य होता है।

सर्व-भाव-विचार

एतत्ते कथितं विप्र भावानां च फलाफलम्।
बलाबल विवेकेन सर्वेषां फलमादिशेत् ॥१॥

हे ब्राह्मण (किसी भो समझदार व्यक्ति को विप्र शब्द से सम्बोधित करके कहा गया है) ये जो फलादेश सभी भावों (द्वादश स्थानों) के बलाबल उन भावेशों की शक्ति के अनुसार बहुत ही विचार पूर्वक कहे गये है उनमें दृष्टि आदि का भी ध्यान रक्खा गया है।

वक्री चेत्स्वचतुर्थस्य फलं भौमो ददाति च।
बुधस्तुर्येऽथ देवेज्यः पंचमे शशिभार्गवौ ॥२॥
सप्तमस्य, तमोध्वंसी पुत्रस्य नवमस्य च।
वित्तस्य विसतस्त्वन्यो ददाति स्वफलं विदुः ॥३॥

ग्रहे पूर्णबले प्राप्ते फलं पूर्णं समादिशेत् ।
अर्धमर्धं पादहीने पादोनः पादमंघ्रिणः ॥४॥
भावानां द्वादशानां च सर्वेषां फलमादिशेत् ।
भावस्थानां ग्रहाणां च फलं ते कथितं मया ॥५॥
॥ इति भावेशफलम् ॥

यदि मंगल वक्री हो तो अपने स्थान से चौथे स्थान का फल देता है (दृष्टि फल विशेष है), बुध चतुर्थ का, बृहस्पति पंचम का, चन्द्रमा और शुक्र लग्न व सप्तम का, सूर्य पंचम और नवम का, शेष द्वितीय स्थान का फल देते हैं।

यदि उपर्युक्त ग्रह पूर्ण बली हो तो पूर्ण फल देते हैं, पादहीन (अंश हीन) होने से जितने अंश हीन हों उसी हिसाब से फल प्रदान करते हैं अर्थात् पूर्ण फल नहीं देते, फल कम प्राप्त होता है। इस प्रकार द्वादश भावों का फल कहना चाहिये। इसी प्रकार भावेशों का फल मैंने कह दिया।

सूर्य और चन्द्रमा कभी भी वक्री नहीं होते हैं। ये पूर्वोक्त सभी ग्रह बली होने पर, उपर्युक्त पूर्ण फल प्रदान करते हैं।

नोटः—इन सभी भावों के फल स्पष्ट करने के लिये हिन्दी भावार्थ में संस्कृत के शब्दों के, व्याकरण की दृष्टि से शायद अर्थ, लिंग तथा वचन भेद से शुद्ध न भी हुए हों तो, विज्ञ पाठक स्वयं उनको उचित प्रकार से वर्णन करने में समर्थ हैं क्योंकि समझाने के लिये किये गये भावार्थ में, शब्दार्थ भेद हो जाना कोई असम्भव बात नहीं है। विद्वान् पाठकों से क्षमा याचना है।

शुक्रो यस्य, बुधो यस्य, यस्य केन्द्रे बृहस्पतिः ।
दशमेऽङ्गारको यस्य सः भवेत्कुलदीपकः ॥

जिस मनुष्य के जन्मपत्र में शुक्र केन्द्र में बैठा हो, बुध भी केन्द्र में बैठा हो, वृहस्पति भी केन्द्र में बैठा हो (केन्द्र १-४-७-१०) और साथ ही मंगल ग्रह राज्य स्थान या दशम में बैठा हो तो ऐसे योग वाला मनुष्य अपने कुल या वंश में दीपक के समान प्रकाश करने वाला होता है अर्थात् यदि मंगल मकर राशि

जो कि दशवीं राशि है अपने उच्च का होकर दशम स्थान में बैठा हो तो वह मनुष्य अपने कुल (खानदान) में बड़ा ही धनवान्, प्रसिद्ध, यशस्वी और अपने गुणों से अपनें माता पिता का नाम उजागर करने वाला कीर्तिमान होता है।

शुक्रो नास्ति बुधो नास्ति, नास्ति केन्द्रे बृहस्पतिः।
दशमेंऽगारको नास्ति स जातः किं करिष्यति ॥

यह श्लोक उपर्युक्त श्लोक के पूर्ण रूप से विलोम ही है। अर्थात् जिस मनुष्य के जन्मपत्र में, शुक्र, बुध, बृहस्पति इन तीनों ग्रहों में से कोई भी ग्रह केन्द्र में स्थित नहीं है और मंगल दशम स्थान में नहीं है तो ऐसे योग वाला जातक (मनुष्य) इस संसार में कर ही क्या सकता है अर्थात् वह कुछ भी नहीं कर सकता। अर्थात् उसका जीवन व्यर्थ ही रहता है वह मनुष्य अपने जीवन में किसी प्रकार को भी उन्नति नहीं कर सकता।

क्रूराः सर्वे धनस्थाने धनहानिः प्रजायते।
धने सौम्ये सुखं सर्वं ऋद्धिसिद्धिसमागमः ॥

यदि किसी मनुष्य के जन्मपत्र में सभी क्रूर ग्रह (सूर्य और मंगल) दूसरे भाव में अर्थात द्वितीय स्थान में बैठे हों तो उस मनुष्य को जीवन में अनेक बार धन हानि उठानी पड़ती है। इसके विपरीत यदि दूसरे स्थान (धनभाव) में सभी सौम्य या शुभ ग्रह (बुध-बृहस्पति और शुक्र) बैठे हों तो उस मनुष्य को सभी प्रकार की ऋद्धिं-सिद्धि प्राप्त होती है अर्थात् उसको धन जन सवारी जमीन जायदाद नामवरी आदि सभी प्रकार के ऐश्वर्य प्राप्त होते हैं। कहीं कहीं इसी श्लोक में ऋद्धिबुद्धिसमागमः इस प्रकार का पाठ मिलता है जिससे ज्ञात होता है कि उस मनुष्य को सभी प्रकार के ऐश्वर्य तो प्राप्त होते हैं साथ ही वह बड़ा ही बुद्धिमान भी होता है अर्थात हो सकता है कि वह विद्वान भी हो।

क्रूरास्तृतीयगाः सर्वे बान्धवै रहितो भवेत्।
सौम्याः भ्रातृभिः संपूर्णैः कीर्तिवांश्च जितेन्द्रियः ॥

जिस मनुष्य के जन्मपत्र में सभी क्रूर ग्रह तीसरे घर में बैठे हों तो वह मनुष्य अपने भाईयों से रहित होता है अर्थात उसके भाई नहीं होता है यानी कि

या तो उस मनुष्य के भाई उत्पन्न ही नहीं होते यदि उत्पन्न भी हुए तो जीवित नही रहते। इसके विपरीत यदि तीसरे स्थान में सभी सौम्य (शुभ) ग्रह उपस्थित्त हों तो वह मनुष्य अनेक भाई बहिनों से युक्त होन के साथ कीर्तिवान यशस्वी जितेन्द्रिय होता है। यहां जितेन्द्रिय का अर्थ योगी न होकर, विषय वासना में ही लिप्त न रहने वाले सच्चरित्र से है जिसकी समाज में किसी प्रकार की कुत्सा न हो।

तुर्यस्थाने स्थिताः क्रूरा बालके मातृकष्टदाः।
सौख्यं सौम्याः प्रकुर्वन्ति राजसन्मानदायकाः॥

यदि किसी मनुष्य के जन्मपत्र में चतुर्थ स्थान में क्रूर ग्रह स्थित हों तो उस बालक या मनुष्य की माता को सदैव कोई न कोई कष्ट लगा रहता है अर्थात् उस बच्चे के जन्म होने के पश्चात् से ही या वह बीमार रहने लगेगी या गिरकर अथवा फिसलकर किसी न किसी प्रकार चोट अवश्य लगती रहेगी और बह स्त्री (माता) कष्टमय जीवन व्यतीत करेगी। विलोम इसके यदि चतुर्थ भाव में सौम्य (शुभ) ग्रह विराजमान ह गे तो उसकी माता निरोग स्वस्थ रहेगी ही साथ ही वह बालक बड़ा होकर राज्य से सम्मान पानेवाला होगा अर्थात् विद्यार्थी जीवन में सरकारी वजीफा पाकर पढ़नेवाला होगा या फिर अपनी युवावस्था में सरकारी बड़ा औफीसर बनेगा जिससे उसको राजसम्मान प्राप्त होता रहे।

सुतस्थाने शुभाः सर्वे पुत्रसन्तानकारकाः।
क्रूराः संततिमृत्युं च कुपुत्रं वा धरासुतः॥

जिस मनुष्य के सुतस्थान (पंचम भाव) में सभी शुभ (सौम्य) ग्रह बैठे हों तो उसको वे शुभ ग्रह अनेक पुत्रों के साथ-साथ सम्पत्ति के देनेवाले होते हैं अर्थात् उस मनुष्य के पुत्र और पुत्री दोनों ही होते हैं। प्रतिकूल इसके यदि पंचम स्थान में क्रूर या पापी ग्रह हों तो उसके सन्तान तो होती हैं किन्तु उनमें से कितनों की ही मृत्यु हो जाती है और जो लड़का जीवित रहता है वह कुल को कलंकित करने वाला कुपात्र होता है।

षष्ठे पापा नरं कुर्युः शत्रुपक्षविदारितम्।
सौम्याः कष्टं महारोगं षष्ठे चन्द्रश्च मृत्युदः॥

यदि किसी मनुष्य के जन्मपत्र में छटे (रिपुभाव) में पाप ग्रह विराजमान हों तो उस मनुष्य के प्रतिपक्षी (शत्रुओं) मनुष्यों का नाश करते हैं। और छटे घर में शुभग्रह उस मनुष्यको अनेक प्रकार के कष्ट देते हैं अनेक प्रकार की भयंकर बीमारियाँ उत्पन्न करते हैं। यदि छठे भाव में निर्बली चन्द्रमा बैठा हो तो मृत्यु या मृत्यु तुल्य कष्ट प्रदान करता है।

कुभार्यां सप्तमे क्रूराः सौम्या सौख्यमनः प्रियाम्।
गुरुशुक्रौ च युवतीं रूपलावण्यशालिनीम्॥

जिस मनुष्य के जन्मपत्र में सप्तम स्थान में क्रूरग्रह उपस्थित हों उसकी स्त्री कुभार्या-झगड़ा करने वाली, आज्ञा के विपरीत चलने वाली, बदचलन, दुश्चरित्र होती है। इसके प्रतिकूल जिसके सप्तम स्थान में शुभ ग्रह विराजमान हों उसकी स्त्री अपने पति की सेवा करने वाली उसका मन प्रसन्न करने वाली और सब प्रकार से सुख प्रदान करने वाली होती हैं। यदि किसी के जन्मपत्र में बृहस्पति और शुक्र दोनों ही सप्तम स्थान में एक साथ बैठे हों तो उसकी स्त्री बहुत ही सुन्दर रूपवती और लावण्य पूर्ण होती है। किन्तु यहाँ यह बात प्रदर्शित कर देनी अत्यन्त आवश्यक है कि जहाँ तक रूप और सौन्दर्य का प्रश्न है बिना शक उसकी स्त्री विशेषाकृति, (खूब सूरत) होगी किन्तु उपर्युक्त योग वाले मनुष्य का अपनी पत्नी से कभी भी विचार विनिमय नहीं हो सकेगा वे सदैव एक दूसरे के प्रतिकूल चलकर अपना जीवन दुखित व्यतीत करेंगे इसलिए कुशल ज्योतिषी को गुरु-शुक्र युति देखकर फलादेश सोच समझकर कहना चाहिये।

खेटाः सर्वे महादुष्टा अष्टमस्थानसंस्थिताः।
शशांकश्च विशेषेण जन्मकाले च मृत्युदः॥

उपर्युक्त श्लोकानुसार अष्टम स्थान में आये सभी ग्रह बहुत ही खराब माने गये हैं। और विशेष रूप से जन्म के समय चन्द्रमा अष्टम स्थान में हो तो मृत्यु या मृत्यु तुल्य कष्ट प्रदान करने वाला होता है। इसलिये प्रत्येक ज्योतिषी का कार्य करने वाले मनुष्य को परिस्थिति विशेष का विचार करके ही किसी जन्म-पत्र का फलादेश कहना चाहिये। यहाँ यह बात स्पष्ट कर देनी अत्यन्त आवश्यक

है कि अष्टम स्थान में सभी शुभ ग्रह रोग भय, पीड़ा, कष्ट, शोक, क्लेश आदि देने वाले होते हैं। इसी प्रकार क्रूर ग्रह भी अपने अपने गुण कार्य के विभागानुसार कष्ट दायक होते हैं किन्तु पाप ग्रह, शनि, राहु और केतु कष्ट प्रद होते हुए भी जीवन रक्षा प्रदान करते हैं। दुखित होते हुए भी दीर्घायु प्रदान करते हैं। क्षीण, नीच, अस्त, नीचास्त और निर्बल चन्द्रमा उपर्युक्त श्लोक के आशय को अवश्य परिपक्व करता है। अर्थात् अल्पायु प्रदान करता है किन्तु स्वगृही, उच्च का, पूर्ण चन्द्रमा यदि किसी जन्मपत्र में हो तो वह मनुष्य को मृत्यु भय से बचाकर दीर्घायु प्रदान करता है।

धर्मस्थाने स्थिताः पापा नरं कुर्वन्ति पापिनम्।
धर्मस्थं शीलवंतं च पुण्यबुद्धि सुकर्मकम्॥

उपर्युक्त श्लोक में कहा गया है कि धर्म स्थान अर्थात् नवम भाव में यदि पाप ग्रह उपस्थित हों तो वे कोई भी शुभ कार्य नहीं होने देते अर्थात् जिस जातक के नवें घर में पाप ग्रह, शनि, राहु केतु आदि बैठे हों तो वे उस मनुष्य को अशुभ कार्य करने वाला क्रूर, कामी, निर्दयी, जुआरी, शराबी, दुश्चरित्र आदि बना देते हैं। कहने का तात्पर्य यही कि पापी ग्रह मनुष्य को पाप कर्मों की तरफ आकर्षित करते हैं। और उस नवें घर में यदि शुभ ग्रह बैठे हों तो मनुष्य को धार्मिक कार्यों की ओर आकर्षित करते हैं। उसे सज्जन बनाते हैं शान्त शीलवंत बनाते हैं उसकी बुद्धि को पुण्य कार्यों की ओर लगाते हैं। उसकी चित्तवृत्ति परोपकार में लगाते हैं। जप, तप, मन्त्र, विद्याध्ययन, स्वाध्याय आदि शुभ कर्मों में लगाते हैं।

कर्मणि क्रूरा च दारिद्रयं पितृभ्रातृविवर्जितम्।
सौम्यं सौम्याः प्रकुर्वन्ति राजसन्मानदायकाः॥

उपर्युक्त श्लोक में कहा गया है कि जिस मनुष्य के जन्मपत्र में दशम स्थान में क्रूर ग्रह बलवान होकर बैठे हों उस मनुष्य को दरिद्री बनाते हैं। उसको पिता से रहित करते हैं कहीं-कहीं देखने में ऐसा भी आया है कि उस मनुष्य को अपने

पिता से नहीं बनती और दोनों हो प्रतिकूल दिशा में चलते तथा रहते हैं। पृथक-पृथक शहर गांव में बसकर भी मनमुटाव नहीं जाता है। इसी प्रकार वह अपने भाई से विवर्जित रहता है चाहे तो भाई की मृत्यु हो जाय चाहे वे विचार विनिमय न हो सकने के कारण अलग-अलग रहते हों। इसके विलोम जिस मनुष्य के दशम स्थान में शुभ ग्रह होते हैं वे उसको शान्त स्वभाव के साथ-साथ शीलवन्त सुखद, ओफीसर, राज से सम्मान पाने वाला हाकिम अथवा बड़ा आदमी बनाते हैं।

लाभस्थाने ग्रहाः सर्वे बहुलाभफलप्रदाः।
गजाश्वपत्तिसौम्यादि क्रूराः कुर्वन्ति कुंजरान् ॥

उपर्युक्त श्लोक में कहा गया है कि एकादश स्थान में सभी ग्रह अनेक प्रकार के लाभ देने वाले होते हैं तिस पर भी जिस मनुष्य के लाभ स्थान में सौम्य या शुभ ग्रह होते हैं उन ग्रहों के शुभ प्रभाव से मनुष्य हाथी घोड़ों का स्वामी होता है अर्थात् उसके पास इतना धन होता है कि वह अनेकों हाथी घोड़े पाल सकता है किन्तु वर्तमान युग में हाथी घोड़े पालने का रिवाज नहीं है अब तो मोटर, स्कूटर, मोटर साइकिल, टैक्सी या बस या ट्रक रखने का रिवाज है जिससे कमाई भी होती हैं और मनुष्य बड़ा आदमी भी समझा जाता है। किन्तु इसके विपरीत यदि क्रूर या पाप ग्रह एकादश स्थान में होते हैं तो वह मनुष्य पशु पालक हो जाता है।

कुचैलिनं तथा काणं पापिनमनधीतिनम्।
महाकुष्टं प्रकुर्वन्ति व्ययस्थाने गता ग्रहाः॥

इस श्लोक में कहा गया है कि जिस मनुष्य के जन्मपत्र में व्यय या बारहवें स्थान में पापी ग्रह बैठे हों तो उन ग्रहों के दुष्प्रभाव के कारण वह मनुष्य दुश्चरित्र, मैला मलिन, एक नेत्र से हीन, कुष्टी (कोढ़ी) श्वेत कुष्ट से पीड़ित रहता है। अधिकतर देखने में यही आया है कि शुक्र ग्रह यदि द्वादश स्थान में बैठा हो तो मनुष्य काना होता है या शुक्र की दशा में नेत्र ज्योति हीन हो जाती है। ज्योतिषी लोग और २ ग्रहों के प्रभाव के कारण कौन २ से रोग मनुष्य को हो सकते हैं वे अनुभव विचार कर कहें।

एकोऽपि यदि केन्द्रस्थो भार्गवो वांगिरापतिः ।
नवमे वा सुतस्थाने सर्वारिष्टं निवारयेत् ।।

उपर्युक्त श्लोक में कहा गया है कि जिस मनुष्य के जन्मपत्र में शुक्र और बृहस्पति इन दोनों में से एक भी शुभ ग्रह यदि केन्द्र (१.४.७,१०) अथवा त्रिकोण (९-५) में बैठा हो तो उसके सर्व अरिष्ट अर्थात् हर प्रकार के कष्ट दूर हो जाते हैं। किन्तु कहीं-कहीं सर्वारिष्टं निवारयेत् के स्थान पर (दारिद्रं च न जायते) ऐसा पाठ भी मिलता है जिसका अर्थ है कि उसे किसी भी प्रकार का दारिद्रय (गरीबी) नहीं रहता । किन्तु वास्तव में ऐसा देखने में नहीं आता क्यों कि केन्द्रस्थ शुभ ग्रहों के होने पर या त्रिकोणस्थ होने पर भी शुभ ग्रहों के प्रभाव से मनुष्य दुखी देखे गये हैं । यहाँ इतना कह देना अत्यन्त आवश्यक है कि यदि शुक्र और बृहस्पति उच्च के या स्वगृही पूर्ण बली होकर केन्द्रों में दशम या लग्न में बैठे हो या त्रिकोण (५-५) में शुक्र उच्च का पूर्ण बली बैठा हो तो शुभ फल अवश्य देता है ।

सूर्यो भौमस्तथा राहुः शनिर्मूर्तौ यदा स्थितः ।
सन्तापं रक्तपित्तं च सौम्यैः सर्वैर्निरोगता ।।

इस श्लोक में कहा गया है कि जिस मनुष्य के जन्मपत्र में सूर्य मंगल राहु और शनि अति क्रूर पापी ग्रहों में से कोई भी (एक दो तीन चार आदि) ग्रह यदि लग्न में बैठा हो तो उन ग्रहों का प्रभाव उस मनुष्य को अनेक प्रकार के सन्ताप देने वाला होता हैं । साथ ही रक्त विकार, पित्त प्रकोप और रक्त चाप, अर्शादि बीमारियाँ करने वाला होता है और यदि लग्न म शुभ ग्रह बुध बृहस्पति और शुक्र में से कोई एक दो या तीनों ग्रह एक साथ बैठे हों तो उस मनुष्य के सभी रोग निवृत्त हो जाते हैं । अर्थात् वह पूर्ण रूप से स्वास्थ्य लाभ कर आनन्द लेता है । किन्तु ऐसी बात भी नहीं है क्यों कि लग्न में शुभ ग्रह होने पर भी आदमी अनेक रोगों से पीड़ित देखा गया है ।

एकोपि केन्द्रे बुधजीवशुक्रात्क्रूराः समस्ता निधने कदाचित् ।
तथापि सर्वे विबला भवन्ति यथा गजेन्द्रो हरिदर्शनेन ।।

उपर्युक्त श्लोक में कहा गया है कि यदि किसी मनुष्य के जन्मपत्र में, बुध बृहस्पति और शुक्रादि शुभ ग्रहों में से यदि एक भी शुभ ग्रह केन्द्र (१-४-७-१०) में बैठा हो (और यदि ये तीनों ही शुभ ग्रह केन्द्र में बैठे हों तो कहना ही क्या हैं) तो इतना अच्छा प्रभाव रखता है कि यदि समस्त क्रूर और पाप ग्रह निधन स्थान (आठवें घर) में बैठे हों तो भी उसी प्रकार शान्त रहते हैं जैसे हाथी, शेर के दर्शन मात्र से घबरा जाता है अर्थात शेर की गन्ध और दर्शन से हाथी जैसा हृष्ट-पुष्ट, बलवान तथा शक्तिशाली जानवर भयभीत होकर विह्वल होता हैं उसी प्रकार केन्द्रित शुभ ग्रह के प्रभाव से, सभी पाप तथा क्रूर ग्रह शक्तिहीन तथा क्षीणप्रभ हो जाते हैं कि उपर्युक्त मनुष्य का कुछ भी नहीं विगाड़ सकते अर्थात उसको कोई हानि नहीं पहुँचा सकते। ज्योतिष के जानने वाले जानते हैं कि वास्तव में क्या केन्द्रित शुभ ग्रहों का इतना प्रभाव है जो कि क्रूर तथा पाप ग्रहों के प्रभाव को रोक सकें। इसलिये प्रत्येक ज्योतिषी को चाहिये कि वह दशा अन्तर्दशा का विचार करके अपने फलादेश की पुष्टि करे और केवल श्लोक के आश्रय पर अपनी बदनामी का कारण न बन जाय। क्यों कि देखने में ऐसा ही आया है कि वर्तमान युग में शुभ ग्रहों का प्रभाव बहुत कम और देर से प्राप्त होता है किन्तु अशुभ ग्रहों का प्रभाव अधिक और तत्काल प्राप्त होता है और तात्कालिक वस्तु को प्राप्ति में आधुनिक संसार अत्यन्त विश्वास करता है इसलिये ज्योतिषी को तात्कालिक प्रभाव देने वाले फलादेश कहकर जातक को प्रसन्न करने का प्रयत्न करना चाहिये ताकि धन अर्थ काम मोक्ष, यश आदि की प्राप्ति हो सके।

लग्ने स्थितो दिनकरः कुरुतेंगपीड़ां, पृथ्वीसुतो वितनुते रुधिरप्रकोपम्।
छायासुतः प्रकुरुते बहुदुःखभाजं, जीवेन्दुभार्गवबुधाः सुखकान्तिदाः स्युः॥

उपर्युक्त श्लोक में कहा गया है कि यदि किसी मनुष्य के जन्मपत्र में सूर्य जन्म लग्न में विराजमान हो तो उसके शरीर में ताप सहित पोड़ा होती है। अर्थात् वह गर्मी के कारण बेचैन रहता है। इसके अतिरिक्त यदि पृथ्वीसुत (मंगल) लग्न में बैठा हो तो उसको रक्त विकार, रुधिर प्रकोप के कारण पीड़ा होती हैं अर्थात् उसको अर्श रक्तचाप (ब्लड प्रेशर) से या फोड़े फुंसी, चोट घाव के

कारण पीड़ा होती है। छाया सुत (राहु) यदि लग्न में हो तो उपर्युक्त पीड़ाओं के साथ और भी कई प्रकार की पीड़ा क्लेश, शोक और दुख देता है। इसके प्रतिकूल यदि बृहस्पति चन्द्रमा शुक्र और बुध लग्न में उपस्थित हों तो जातक को अनेक प्रकार के सुख शोभा यश कीर्ति आदि प्रदान करते हैं। इतना सब कुछ होते हुए भी समय पर शुभ ग्रह अपना शुभ प्रभाव दिखाते हैं जिससे मनुष्य को सुख-शान्ति प्राप्त होती है फिर ऐसा नहीं है कि शुभ ग्रहों की दशाओं में मनुष्य को किसी प्रकार का कष्ट नहीं होता है। होता है और अवश्य होता है लेकिन पाप और क्रूर ग्रह अपना प्रभाव कभी नहीं छोड़ते। (किसी ने कहा हैं—भले भले कहि छोड़िये, खोटे ग्रह में दान) ज्योतिषियों को केवल श्लोकों पर ही निर्भर न रहकर अपनी बुद्धि से भी काम लेना चाहिये और समय परिस्थिति के अनुसार अपने फलादेश की पुष्टि कर जातक को फल कहना चाहिये ताकि किसी प्रकार की त्रुटि शेष न रहे। और ज्योतिष वाक्य मिथ्या न जाय।

नोट :—ज्योतिष के जानने वाले सभी सज्जन यह भलीभाँति जानते हैं कि बुध, वृहस्पति, और शुक्र शुभ या सौम्य ग्रह कहलाते हैं। सूर्य, चन्द्रमा और मंगल क्रूर ग्रह कहलाते हैं। इसके अतिरिक्त शनि, राहु और केतु ये तीनों ग्रह पाप ग्रह कहलाते हैं। फिर भी यहाँ इतना जानना आवश्यक हो जाता है कि चन्द्रमा एक क्रूर ग्रह होते हुए भी, क्षीण या अस्त अथवा क्षीणास्त और नीचास्त तथा पापी ग्रहों के सन्सर्ग से यानी कि शनि से दृष्ट युक्त होने पर, या राहु-केतु के साथ होने से अथवा उनसे दृष्ट होने पर पापी ग्रहों जैसा कार्य करता है। उपर्युक्त अवस्था में चन्द्रमा से किसी भी प्रकार के शुभ फल की आशा करना दुराशा ही होगी। इसके अतिरिक्त केतु केवल दुखदायक सबसे पापी और क्रूर ग्रह है जो अपनी दशा में चाहे वह वर्ष फल में हो चाहे वह जन्मपत्र की दशा में हो मनुष्य को अपमानित, लज्जित तथा धन-जन आदि में से कोई न कोई हानि अथवा किसी न किसी प्रकार का कष्ट, शोक, क्लेश, भय पीड़ा कुछ न कुछ अवश्य करायें बिना नहीं रहता। यहाँ यह सब भूमिका बाँधने का एक मात्र कारण यही है कि पिछले पृष्टों पर कहे गये श्लोकों में अधिकतर क्रूर ग्रहों का

दुष्परिणाम कहा गया है। जिनसे होने वाली अनेक हानि प्रदर्शित की गई हैं किन्तु पाठ्यक्रमानुसार पाठक को चाहिये कि उन होने वाले दुष्ट फलों को केवल क्रूर ग्रहों तक ही सीमित न रखकर पाप ग्रहों का भी विशेष रूप से घ्यान रखते हुए अपने फलादेशों की पुष्टि को प्रमाणित करें। यह ज्योतिष शास्त्र में निर्विवाद रूप से आभासित कर दिया गया है कि क्रूर ग्रह क्रूर स्थानों में बैठकर शुभ फल करते हैं शुभ स्थानों में शुभफल नहीं करते फिर भी किसी न किसी स्थान में कुछ न कुछ शुभ्रता की झलक दिखाये बिना नहीं रहते। पाप ग्रहों में शनि और राहु अष्टम स्थान में बैठकर मनुष्य को बीमार अवश्य रखते हैं वायु; पीड़ा अर्शादि से पीड़ित रखते हैं किन्तु उसकी आयु को अल्प नहीं करते और केतु सभी प्रकार की तकलीफ देता है। यद्यपि एकादश (ग्यारह) स्थान में कोई भी ग्रह अशुभ फलदायक नहीं माना गया मगर केतु को उस अवस्था पर भी धन सम्बन्धी हानि करते हुए देखा जाता है। लेखकों ने बहुत कुछ लिखा है पाठकों ने बहुत कुछ पढ़ा है फिर सभी ने अनुभव किया होगा कि शतप्रतिशत फलादेश आज तक किसी भी शास्त्र या पुस्तक के ठीक नहीं उतरते इसलिए प्रत्येक अनुभवशील व्यक्ति को अपने अनुभव जन्य फलादेशों को ही प्रमाण मानकर फ़लादेश कहने चाहिये ताकि वह स्वेच्छानुसार धन, यश, मान, बड़ाई प्राप्त करने में समर्थ हो सके।

जिस मनुष्य के जन्मपत्र में यदि लग्नेश धन भाव में हो तो वह जातक, धनवान, बुद्धिमान, व्यवहार कुशल, पुण्यशील, शक्तिशाली और भाग्यवान होता है।

जिस मनुष्य के जन्मपत्र में लग्नेश, तीसरे स्थान में बैठा हो तो वह जातक अल्प वीर्य (क्षीण काय), बन्धु वान्धव युक्त, राजपूज्य (सरकारी नोकरी करने वाला) माता-पिता तथा निजी कुल को सुख प्रदान करने वाला होता है।

जिस जातक के जन्मपत्र में लग्नेश, चतुर्थ भाव में हो और चतुर्थेश, लग्न स्थान में विराजमान हो तो ऐसे योग वाला अपने पिता की आज्ञा पालन करने वाला, दयावान; निष्कपट, राज्य की नौकरी करने वाला, सत्संग में रहने वाला, अपने पक्ष की विजय चाहने वाला होता है।

यदि किसी जातक के जन्मपत्र में लग्नेश पञ्चम भवन में और पञ्चमेश लग्न स्थान में बैठा हो तो वह मनुष्य विशाल हृदय, विद्वान् अपने कुल या वंश में विख्यात, प्रसिद्ध, ज्ञानी मानी ध्यानी तथा अभिमानी होता है।

जिस मनुष्य के जन्मपत्र में यदि छठे घर का स्वामी लग्न में हो और लग्नेश्वर छठे स्थान में बैठा हो तो वह मनुष्य सदैव स्वस्थ, नीरोग रहने वाला बलवान हृष्ट-पुष्ट तथा मजबूत होता है। धनलोलुप तथा धनी होने के साथ साथ ईर्ष्यालु और द्रोही भी होता है।

यदि किसी जातक के सप्तम स्थान का अधिपति लग्न में हो और लग्न का मालिक सप्तम स्थान में हो तो वह मनुष्य चञ्चलचित्त अनेक स्त्रियों का प्रेमी अपनी साली या सलैज पर आसक्त, अपने साले के पास रहना पसन्द करने वाला साथ ही अपने पिता का आदर करने वाला होता हैं।

जिस मनुष्य के जन्मपत्र में लग्न का स्वामी यदि अष्टम स्थान में हो और अष्टमेश लग्न स्थान में बैठा हो तो वह मनुष्य जुआ खेलने वाला, चोरी करने में प्रवीण, दूसरों को ठगने वाला तथा डाका डालने वाला डाकू होता है जिस कारण राज्यदण्ड (कारागार) पाता है अथवा ग्रामीण या शहरी जनों द्वारा पीटा जाता है।

यदि किसी जातक के जन्मपत्र में लग्नेश, नवम या भाग्यस्थान में बैठा हो और भाग्येश लग्नस्थान में बैठा हो तो वह मनुष्य घर से बाहर रहने वाला धार्मिक, देवता और गुरु का भक्त, भजन, पूजा-पाठ, तन्त्र-मन्त्र आदि जाप करने में तत्पर रहता है। राज्य मान्य या सरकारी नौकरी करने वाला होता है।

जिस मनुष्य के जन्मपत्र में लग्नेश्वर दशम स्थान में हो और दशमेश लग्न स्थान में विराजमान हो तो देखने में सुन्दर (खूबसूरत), सरकारी नौकरी करने वाला ओफीसर, धनवान, द्रव्य लोलुप, गुरुजनों का आदर करने वाला, चञ्चल चित्त होता है।

यदि किसी जातक के जन्मपत्र में लग्न का स्वामी एकादश या लाभस्थान में बैठा हो और लाभेश लग्न स्थान में बैठा हो तो वह मनुष्य दीर्घायु, सुकर्म

करने वाला विद्वान पंडित अनेक प्रकार की सम्पत्ति से युक्त सरकारी नौकरी वाला बड़ा धनवान, कोषाध्यक्ष होता है।

जिस जातक के जन्मपत्र में लग्नेश, द्वादश भाव में बैठा हो और द्वादशेश लग्न में हो तो ऐसे योग वाला जातक अपने सहयोगियों साथियों से शत्रुता रखने वाला, धनसम्पत्ति को नष्ट करने वाला होता है।

नोट — यदि किसी जन्मपत्र में उच्च का या स्वगृही शुक्र, लग्नेश के साथ ६, ८, और १२ भाव को छोड़ कर, किसी भी स्थान में बैठा हो अस्त न हो, नीच या नीचास्त न हो तो वह मनुष्य राज पूज्य अर्थात सरकारी नौकरी करने वाला या पदवी वाला होता है।

नवग्रहस्तोत्रम्

जपा-कुसुम-सङ्काशं काश्यपेयं महाद्युतिम् ।
तमोऽरिं सर्वपापघ्नं प्रणतोऽस्मि दिवाकरम् ॥१॥
दधि-शङ्ख-तुषाराभं क्षीरोदार्णवसम्भवम् ।
नमामि शशिनं सोमं शम्भोर्मुकुटभूषणम् ॥२॥
धरणीगर्भसम्भूतं विद्युत्कान्तिसमप्रभम् ।
कुमारं शक्तिहस्तं तं मङ्गलं प्रणमाम्यहम् ॥३॥
प्रियङ्गुकलिकाश्यामं रूपेणाप्रतिमं बुधम् ।
सौम्यं सौम्यगुणोपेतं तं बुधं प्रणमाम्यहम् ॥४॥
देवानां च ऋषीणां च गुरुं काञ्चनसन्निभम् ।
बुद्धिभूतं त्रिलोकेशं तं नमामि बृहस्पतिम् ॥ ५ ॥
हिमकुन्द-मृणालाभं दैत्यानां परमं गुरुम् ।
सर्वशास्त्रप्रवक्तारं भार्गवं प्रणमाम्यहम् ॥ ६ ॥
नीलाञ्जनसमाभासं रविपुत्रं यमाग्रजम् ।
छायामार्तण्डसम्भूतं तं नमामि शनैश्चरम् ॥ ७ ॥
अर्धकायं महावीर्यं चन्द्रादित्यविमर्दनम् ।
सिंहिकागर्भसम्भूतं तं राहुं प्रणमाम्यहम् ॥ ८ ॥

पलाश-पुष्प-सङ्काशं तारकाग्रहमस्तकम् ।
रौद्रं रौद्रात्मकं घोरं तं केतुं प्रणमाम्यहम् ॥ ९ ॥
इति व्यासमुखोद्गीतं यः पठेत् सुसमाहितः ।
दिवा वा यदि वा रात्रौ विघ्नशान्तिर्भविष्यति ॥१०॥
नर-नारी-नृपाणां च भवेद्दुःस्वप्ननाशनम् ।
ऐश्वर्यमतुलं तेषामारोग्यं पुष्टिवर्धनम् ॥ ११ ॥
ग्रहनक्षत्रजाः पीडास्तस्करा-ऽग्नि-समुद्भवाः ।
ताः सर्वाः प्रशमं यान्ति व्यासो ब्रूते न संशयः ॥ १२ ॥

सूर्यः शौर्यमथेन्दुरुच्चपदवीं सन्मङ्गलं मङ्गलः,
सद्बुद्धिं च बुधो गुरुश्च गुरुतां शुक्रः सुखं शं शनिः ।
राहुर्बाहुबलं करोतु विपुलं केतुः कुलस्योन्नतिं,
नित्यं प्रीतिकरा भवन्तु भवतां सर्वे प्रसन्ना ग्रहाः ॥

प्रातःस्मरण सूक्त : सूर्य पीडा निवारणार्थ

ब्रह्मा मुरारिस्त्रिपुरान्तकारी भानुः शशी भूमिसुतो बुधश्च ।
गुरुश्च शुक्रः शनि-राहु-केतवः कुर्वन्तु सर्वे मम सुप्रभातम् ॥

जिस जातक की जन्म कुण्डली में सूर्य नेष्ट राशि (२, ७, १०, ११) में पड़ा हो तो उस मनुष्य को चाहिए कि वह शुक्ल पक्ष में रविवार को जब कि पुष्य नक्षत्र पड़ा हो निम्नांकित मन्त्र ताँबे की प्लेट (छोटी सी चादर) पर अंकित स्वयं करे या किसी स्वर्णकार से कराये और उस दिन व्रत रखकर अपने घर में एकान्त शान्त कमरे में सूर्य की प्रतिमा की स्थापना इस यन्त्र पर करके जो भी आसन अनुष्ठानकर्ता को रुचिकर हो आराम से उत्तराभिमुख अथवा उत्तरपूर्वाभिमुख प्रातः सूर्योदय से प्रथम प्राची लालिमा में बैठकर निम्नांकित प्रकार से अपने आसन पर नित्यनैमित्तिक सभी कर्मों से निवृत्त होकर गंगाजल अथवा कच्चे गाय के दूध से धोये उस यन्त्र और प्रतिमा के सम्मुख शुद्ध गाय के घी अथवा शुद्ध सरसों के तेल का दीपक अपने दाहिने हाथ की ओर प्रतिमा के बराबर या उससे कुछ

ऊँचाई पर रखकर ताकि प्रतिमा पर उसका प्रकाश पड़ता रहे, उस प्रतिमा को देखते हुए उसको अपने ध्यान में रखते हुए अपने कुल गुरु के आदेशानुसार षोडशोपचार पूजन के द्वारा अपने अनुष्ठान का श्री गणेश करे।

उपरोक्त यन्त्र इस प्रकार है।

६	१	८
७	५	३
२	९	४

यह यन्त्र ७ माशे तांबे का होना चाहिए। इसी प्रकार सूर्य की प्रतिमा ७ माशे या सात तोले तांबे की सात घोड़ों के रथपर सवार बनानी चाहिए जब आपके सभी कार्य हो जांय तो, प्रथम सूर्य कवच से यथा क्रम पूजा का आह्वान प्रारम्भ करे, यदि आपका जप पूर्ण रूप से निर्विघ्न सम्पन्न हो गया तो निश्चय ही समझिये वह कार्य जिसके लिए अनुष्ठान किया गया है शत प्रतिशत सफल हुए बिना नहीं रहेगा। यदि कोई बाधा उपस्थित हो जाय तो भी उसका समाधान करके अपने कार्यक्रम को यथावत करते ही रहना चाहिए। क्योंकि ईश्वरीय परीक्षा भी होती रहती हैं उसमें भी उत्तीर्ण होना अन्यन्त आवश्यक है सभी परीक्षाओं में (सभी विषयों में) उत्तीर्ण होकर हीं मनुष्य पास कहलाता है। जो मनुष्य परीक्षा पास करता है वही अगली कक्षा में चढ़ता है। इसलिए अनउकताये मन से आपने जो कार्य अनुष्ठान प्रारम्भ किया है उसे यथाक्रम, यथा शक्ति, यथा समय, यथोपचार से करते रहो अवश्य ही सफलता प्राप्त होगी।

सूर्यकवचम्

श‍ृणुष्व मुनिशार्दूल सूर्यस्य कवचं शुभम्।
शरीरारोग्यदं दिव्यं सर्वसौभाग्यदायकम्॥ १॥
देदीप्यमानमुकुटं स्फुरन्मकरकुण्डलम्।
ध्यात्वा सहस्रकिरणं स्तोत्रमेतदुदीरयेत्॥ २॥
शिरो मे भास्करः पातु ललाटं मेऽमितद्युतिः।
नेत्रे दिनमणिः पातु श्रवणे वासरेश्वरः॥ ३॥
घ्राणं घर्मघृणिः पातु वदनं वेदवाहनः।
जिह्वां मे मानदः पातु कण्ठं मे सुरवन्दितः॥ ४॥

स्कन्धौ प्रभाकरः पातु वक्षः पातु जनप्रियः ।
पातु पादौ द्वादशात्मा सर्वाङ्गं सकलेश्वरः ॥ ५ ॥
सूर्यरक्षात्मकं स्तोत्रं लिखित्वा भूर्जपत्रके ।
दधाति यः करे तस्य वशगाः सर्वसिद्धयः ॥ ६ ॥
सुस्नातो यो जपेत् सम्यग् योऽधीते स्वस्थमानसः ।
स रोगमुक्तो दीर्घायुः सुखं पुष्टिं च विन्दति ॥ ७ ॥

रविस्तुति

ग्रहाणामादिरादित्यो लोकरक्षणकारकः ।
विषमस्थानसम्भूतां पीड़ां दहतु मे रविः ॥

विनियोगः

आकृष्णेति मन्त्रस्य हिरण्यस्तूपांगिरस ऋषिः सूर्यो देवता त्रिष्टुप् छंदः सूर्यमंत्र जपे विनियोगः—

सबीज वैदिक मन्त्रः —ॐ ह्रां ह्रीं ह्रौं सः --ॐ भूर्भुवः स्वः—ॐ आकृष्णेन रजसा वर्तमानो निवेशयन्नमृतम्मर्त्यञ्च हिरण्ययेन सविता रथेना देवो याति भुवनानि पश्यन् । ॐ स्वः भुवः भूः ॐ सः ह्रौं ह्रीं ह्रां ॐ सूर्याय नमः, ॐ घृणिः सूर्य्य आदित्यः ।

एकाक्षरी बीज मन्त्रः —ॐ घृणिः सूर्याय नमः ।

तांत्रिक सूर्य मन्त्रः —ॐ ह्रां, ह्रीं, ह्रौं सः सूर्याय नमः ।

जपसंख्याः —७००० सात सहस्र (सात हजार)

सूर्य अनिष्ठफल शमनार्थं दानपदार्थाः

सूर्यप्रतिदानः —माणिक, सुवर्ण, तांबा, गुड़, घी, लालवस्त्र, केसर, लाल फूल, मूंगा, लाल गाय, लाल चन्दन ।

यदि कोई सज्जन यह प्रश्न करें कि उपर्युक्त वस्तुओं के वजन क्या हों तो प्रत्येक वस्तु ७ रत्ती के कम न होनी चाहिए दान वित्त समान होता है निर्धन व्यक्ति प्रत्येक वस्तु ७ रत्ती रखकर सवत्सा लाल गाय दान कर अपना भी तुला दान कर दे यदि तुला दान की सामर्थ्य न हो तो तिल पात्र या छाया पात्र दान अवश्य ही करना चाहिए । इस प्रकार दान द्वारा ग्रह शान्ति कर अपने अभीष्ट की प्राप्ति करें । दान के पश्चात हवन करना भी अति आवश्यक है सो अर्क (आँक)

की समिधा से जप का दशमांश हवन करे। हवन सामग्री हम प्रथम ही लिख आये हैं। पाठक उसी के अनुसार भार लेकर हवन कर अपने अनुष्ठान यज्ञ को सफल बनावें।*

सूर्यमङ्गलस्तोत्रम्

भास्वान् काश्यप-गोत्रजो-ऽरुणरुचिर्यः सिंहराशीश्वरः
षट्त्रिस्थो दशशोभनो गुरुशशीभौमेषु मित्रं सदा।
शुक्रो मन्दरिपुः कलिङ्गजनितश्चाग्नीश्वरी देवते
मध्ये वर्तुल-पूर्व दिग्-दिनकरः कुर्यात् सदा मङ्गलम् ॥

चन्द्र

जिस मनुष्य के जन्मपत्र में चन्द्रमा दूषित प्रभाव वाला बैठा हो और जातक उसके कुप्रभाव से दुख पाता हो अथवा उसकी पीड़ा से कष्ट पाता हो तो उस मनुष्य को चाहिए कि वह स्फटिक पर अथवा चांदी की प्लेट (छोटी सी चांदी की पर्त) पर निम्नांकित चन्द्रयन्त्र अङ्कित कराकर उस पर चन्द्रमा की चांदी की प्रतिमा स्थापित करे और उसका सविधि पूजन करे। यन्त्र इस प्रकार से है।

७	२	९
८	६	४
३	१०	५

गंगाजल और गाय के कच्चे दूध से अच्छी तरह साफ कर अपने शान्त एकांत स्वच्छ कमरे में एक चौके के ऊपर कलई की थाली में स्नान ध्यान, नित्त, नैमित्तिक कर्मों से निवृत्त होकर शुद्ध आसन पर निर्दोष पंचमी शुक्ल पक्ष की

---

* सूर्य से पीड़ित मनुष्यादि उपर्युक्त दानपुण्यादि करने में असमर्थ होता है तो उसे चाहिए कि वह श्वेत पुष्प आँक की जड़ पुष्य नक्षत्र जिस इतवार को हो उखाड़ कर अपने घर पर लाये और उसकी जड़ का पूजन कर उसे अपने शरीर में धारण करे। ऐसा करने से उसको सूर्य का अनिष्ट फल बाधा नहीं पहुँचा सकेगा और वह सुखमय जीवन व्यतीत करने में सफल होगा, इसमें कोई सन्देह की बात नहीं है।

में उत्तर या पश्चिम (नैॠत्य) दिशा में शाम के समय अपने जप का अनुष्ठान पूर्ण वृत्त के साथ सोमवार के दिन से प्रारम्भ करें। [moon stone] चन्द्र नग की एक अंगूठी अनामिका उंगली में पहने और अपने लक्ष्य का ध्यान करते हुए शुद्ध हृदय से अपने इष्टदेव का ध्यान करते हुए चन्द्र प्रतिमा तथा यन्त्र का भक्ति भाव से पूजन करे। यदि अनुष्ठान पूर्ण रूप से सम्पूर्ण हो गया तो निश्चय ही चन्द्रपीड़ा समाप्त होकर अनुष्ठानकर्ता को या जिस मनुष्य के निमित्त अनुष्ठान किया गया है अवश्य ही सफलता प्राप्त होगी। जाप यथाविधि यथा समय यथास्थान एक ही आसन पर अन उक्ताये मन से करते रहना चाहिए। यदि ये कार्य निर्विघ्न समाप्त न हुआ तो पीड़ा अवश्य ही बनी रहेगी और कार्य बिगड़ते ही रहेंगे इसलिए आवश्यकता इस बात की है कि प्रारम्भिक अनुष्ठान से अन्त समय तक किसी भी प्रकार का कोई क्लेश, कोई अपशकुन, मन में खिन्नता तथा किसी प्रकार का उच्चाट न आने पाये जिससे चन्द्र दुख चरण में किसी प्रकार की बाधा उपस्थित हो और मन अशान्त हो जाय। यदि दुर्भाग्य से किसी को ऐसा कुसमय आ भी जाय तो उसे अपने कार्यक्रम को नहीं त्यागना चाहिये।

चन्द्रकवचम्

समं चतुर्भुजं वन्दे केयूरमुकुटोज्ज्वलम्।
वासुदेवस्य नयनं शङ्करस्य च भूषणम् ॥१॥
एवं ध्यात्वा जपेन्नित्यं शशिनः कवचं शुभम्।
शशी पातु शिरोदेशं भालं पातु कलानिधिः ॥२॥
चक्षुषी चन्द्रमाः पातु श्रुती पातु निशापतिः।
प्राणं क्षपाकरः पातु मुखं कुमुदबान्धवः ॥३॥
पातु कण्ठं च मे सोमः स्कन्धे जैवातृकस्तथा।
करौ सुधाकरः पातु वक्षः पातु निशाकरः ॥४॥
हृदयं पातु मे चन्द्रो नाभिं शङ्करभूषणः।
मध्यं पातु सुरश्रेष्ठः कटिं पातु सुधाकरः ॥५॥
ऊरू तारापतिः पातु मृगाङ्को जानुनी सदा।
अब्धिजः पातु मे जङ्घे पातु पादौ विधुः सदा ॥६॥

सर्वाण्यन्यानि चाङ्गानि पातु चन्द्रोऽखिलं वपुः ।
एतद्धि कवचं दिव्यं भुक्तिमुक्ति-प्रदायकम् ।।७।।
यः पठेच्छृणुयाद् वाऽपि सर्वत्र विजयी भवेत् ।।

चन्द्र-स्तुति

रोहिणीशः सुधामूर्तिः सुधागात्रो सुधाशनः ।
विषमस्थानसम्भूतां पीडां दहतु मे विधुः ।।

विनियोग

इमंन्देवा इति मन्त्रस्य वरुण ऋषिः सोमो देवता सोममन्त्रजपे विनियोगः ।

सबीज वैदिक मन्त्र :—ॐ श्रां श्रीं श्रौं सः—ॐ भूर्भुवः स्वः—ॐ इमन्देवाऽ-असपत्नं सुबद्धम्महते क्षत्राय महते ज्यैष्ठ्याय महते जानराज्ज्यायेन्द्रस्येन्द्रियाय । इमममुष्य पुत्रमस्यै व्विशऽएव वोऽमी राजा सोमोऽस्माकम्ब्राह्मणानां राजा । ॐ स्वः भुवः भूः ॐ सः श्रौं श्रीं श्रां ॐ सोमाय नमः

एकाक्षरी बीज मन्त्र :—ॐ सों सोमाय नमः ।

तान्त्रिक चन्द्र मन्त्र :—ॐ श्रां श्रीं श्रौं सः चन्द्रमसे नमः

जप संख्या :—११००० ग्यारह सहस्र (ग्यारह हजार) ।

चन्द्र अनिष्ट फल शमनार्थं दानपदार्थाः

चन्द्र प्रति दान :—सच्चा मोती, शुद्ध सोना, शुद्ध चाँदी, चावल, मिसरी, दही, श्वेतवस्त्र, श्वेत फूल, शंख, कर्पूर, श्वेत बैल, श्वेतचन्दन ।

इन सभी वस्तुओं के भार सूर्य के समान हैं और भी दूसरे कार्य सूर्य के समान ही तुलादान तिलपात्रदान आदि कर अपने अरिष्ट निवारण हेतु कामना करते हुए अपने अनुष्ठान यज्ञ को सफल बनाये । चन्द्रवार को व्रत रखकर शुभ नक्षत्र शुभ लग्न में सन्ध्या समय शुक्ल पक्ष में कार्य प्रारम्भ करें । धूप दीप नैवैद्य आदि से चन्द्र प्रतिमा का पूजन कर जप समाप्ति तक एक ही समय शुद्ध भोजन का आहार करें । इस पुस्तक की प्रस्तावना को अच्छी तरह पढ़कर तथा समझ कर अपने अनुष्ठान का प्रारम्भ करें क्योंकि यथाशक्ति यथासाध्य हम प्रस्तावना में आद्योपान्त वर्णन कर आये हैं । विवेक द्वारा समझ लेने पर किसी भी अनुष्ठानकर्ता को किसी भी

पंडित या पुस्तक की आवश्यकता नहीं होगी इसमें सूक्ष्म रूप से सभी कुछ आवश्यक सामग्री देने का सफल प्रयास किया गया है। जो भी मनुष्य चन्द्र अनिष्ट फल से पीड़ित हो और उपर्युक्त दानादि करने में असमर्थ हो उसे चाहिये कि वह शुभवार शुभ नक्षत्र में खिन्नी वृक्ष की जड़ को लाकर उसका पूजन करे और वही जड़ अपने शरीर में धारण करे तो निःसन्देह चन्द्र दूषित फल पीड़ा दूर होकर सुख शान्ति का प्रसार होगा।

चन्द्र मंगल स्तोत्रम्

चन्द्रः कर्कटकप्रभुः सितनिभश्चात्रेय-गोत्रोद्भव-
श्चाग्नेयश्चतुरस्र-वारुणमुखश्चापोऽप्युमाधीश्वरः।
षट् सप्तानि दशैक-शोभनफलः शौरिः प्रियोऽर्को गुरुः
स्वामी यामुनदेशजो हिमकरः कुर्यात् सदा मङ्गलम्॥

मंगल

भौम पीड़ा निवारणार्थ मंगल यन्त्र

८	३	१०
९	७	५
४	११	६

मंगल यन्त्र, लाल चन्दन या सोने के पत्ता पर अंकित कराकर अपने पूजा के स्थान पर रक्खें और ४ माशे या ८ माशे की भौम प्रतिमा इसपर स्थापित कर अपनी देवाराधना प्रारम्भ करें जो कि इस प्रकार है।

मंगल कवचम्

रक्ताम्बरो रक्तवपुः किरीटी चतुर्भुजो मेषगमो गदाभृत्।
धरासुतः शक्तिधरश्च शूली सदा मम स्याद् वरदःप्रशांतः॥१॥
अङ्गारकः शिरो रक्षेत् मुखं वै धरणीसुतः।
श्रवौ रक्ताम्बरः पातु नेत्रे मे रक्तलोचनः॥२॥
नासां शक्तिधरः पातु मुखं मे रक्तलोचनः।
भुजौ मे रक्तमाली च हस्तौ शक्तिधरस्तथा॥३॥

वक्षः पातु वराङ्गश्च हृदयं पातु रोहितः ।
कटिं मे ग्रहराजश्च मुखं चैव धरासुतः ॥४॥
जानुजङ्घे कुजः पातु पादौ भक्तप्रियः सदा ।
सर्वाण्यन्यानि चाङ्गानि रक्षेन्मे मेषवाहनः ॥५॥
य इदं कवचं दिव्यं सर्वशत्रुनिवारणम् ।
भूत-प्रेतपिशाचानां नाशनं सर्वसिद्धिदम् ॥६॥
सर्वरोगहरं चैव सर्वसम्पत्प्रदं शुभम् ।
भुक्ति-मुक्तिप्रदं नॄणां सर्वसौभाग्य-वर्धनम् ॥
रोगबन्धविमोक्षं च सत्यमेतन्न संशयः ॥७॥

कुजस्तुति

भूमिपुत्रो महातेजा जगतो भयकृत्सदा ।
वृष्टिकृद्-वृष्टिहर्ता च पीड़ां दहतु मे कुजः ॥

विनियोग

अग्निर्मूर्धा इति मन्त्रस्य विरूपाक्ष आँगिरसऋषिः अग्निर्देवता गायत्री छंदः भौमप्रीत्यर्थं जपे विनियोगः—

सबीज वैदिक मन्त्र :—ॐ क्रां क्रीं क्रौं सः—भूर्भुवः स्वः ॐ अग्निर्म्मूर्धा दिवः ककुत्पतिः पृथिव्याऽअयम् । अपां रेतांसि जिन्वति । ॐ स्वः भुवः भूः ॐ सः क्रौं क्रीं क्रां—ॐ भौमाय नमः ।

एकाक्षरी बीज मन्त्र :—ॐ अं अंगारकाय नमः ।

तान्त्रिक मंगल मन्त्र :—ॐ क्रां क्रीं क्रौं सः भौमाय नमः ।

जप संख्या :—१०.००० दससहस्र (दस हजार)

मंगल अनिष्ट फल शमनार्थ दान पदार्थ

मंगल प्रति दान : मूंगा, सोना, तांबा, मसूर, गुड़, घी, रक्तवस्त्र, रक्त कनेर, केसर, कस्तूरी, रक्त बैल, रक्त चन्दन,

भौम मंगल स्तोत्रम्

भौमो दक्षिणदिक्-त्रिकोण-यमदिग्-विघ्नेश्वरो रक्तभः
स्वामी वृश्चिक-मेषयोः सुरगुरुश्चार्कः शशी सौहृदः ।

ज्ञोऽरि: षट्त्रिफलप्रदश्च वसुधास्कन्दो क्रमाद् देवते
भारद्वाजकुलोद्भव: क्षितिसुत: कुर्यात् सदा मङ्गलम् ।।

मंगल पीड़ाशमनार्थ जाप करने वाले जातक को चाहिये कि वह अपनी सामर्थ्यानुसार ४ या ८ रत्ती का निष्पाप मूंगा ४ या ८ माशे सोने की अंगूठी में जड़वाकर अपनी अनामिका उंगली में पहने और इसी प्रकार ४ या ८ माशे के स्वर्ण पत्र पर यन्त्र अंकित कराये और उसपर स्वर्ण मंगल मूर्ति की स्थापना करे ये सभी वस्तुएँ तांबे की कूँडी में रखकर उत्तराभिमुख सूर्योदय के एक घण्टा बाद तक जप करे। जप की समाप्ति पर खैर की लकड़ी से हवन करे। इस प्रकार अपनी नित्य नैमित्तिक दैनिक क्रिया को समाप्त करे और फिर स्नानादि से निवृत्त हो जाय मंगल का व्रत रखे रोज एक ही समय भोजन करे मंगल को नमक न खाये, जप पर्यन्त ब्रह्मचर्य से रहे, भूमि पर शयन करे। इसके अतिरिक्त वह यदि अनन्तमूल की जड़ (सारिवा की जड़) की पूजा करे और उसको अपने शरीर में धारण करे तो वह मनुष्य मंगल की विषम पीड़ा से बच सकता है।

बुध पीड़ा निवारणार्थ यन्त्र

जिन मनुष्यों के जन्मपत्र में बुध, ६, ८, १२ स्थान में से किसी भी स्थान में पड़ा हो या नीचका, अस्त का अथवा नीचास्त का होकर जातक को पीड़ित करता हो, तो उस जातक को बुधपीड़ा शमनार्थ निम्नांकित यन्त्र धारण करने से मन्त्र जपने से तथा पन्ना नग की अंगूठी कनिष्ठका उँगली में पहनने से बड़ी ही शान्ति प्राप्त होती है। इसलिये यहाँ बुध ग्रह पीड़ित मनुष्य की सान्त्वना के लिये सविधि यन्त्र जाप की सरल रीति लिखी जाती है ताकि श्रद्धालु भक्त अवश्य ही लाभान्वित हो सकें।

बुध यन्त्र

९	४	११
१०	८	६
५	१२	७

बुध पीड़ित मनुष्य को चाहिये कि वह सात (७) माशे के स्वर्ण पत्र पर यह यन्त्र अंकित कराकर स्टील की रकाबी में गंगाजल अथवा गाय के कच्चे दूध से धो पोंछ कर रख दे और फिर ७ रत्ती पन्ने नग की ७ माशे सोने की अंगूठी कनिष्ठका उँगली में पहिन कर शुक्ल पक्ष में, शुभ नक्षत्र

में बुध के दिन से ही अपना मन्त्र यथा विधि अनुष्ठान रूप प्रारम्भ करदे। निर्विघ्न जाप समाप्त हो जाने पर उस कार्य में जिस निमित्त जाप किया गया है अवश्य ही सफलता प्राप्त होगी यह ध्रुव सत्य है। जाप अन उकताये मन से यथास्थान, यथासमय सूर्योदय के ५ घड़ी (२ घण्टे) के अन्दर ही समाप्त हो जाना चाहिये इसका हवन अपामार्ग (चिरचिटा) की समिधा से ही होना चाहिये। विशेष जानकारी के लिये प्रस्तावना का अध्ययन करें। अनुष्ठान के समय जातक को उचित है कि वह ब्रह्मचर्य से रहे एक समय भोजन करे, भूमिशयन करे, बुधवार को अवश्य ही व्रत या उपवास रखे।

बुधकवचम्

बुधस्तु पुस्तकधरः कुंकुमस्य समद्युतिः।
पीताम्बरधरः पातु पीतमाल्यानुलेपनः ॥१॥
कटिं च पातु मे सौम्यः शिरोदेशं बुधस्तथा।
नेत्रे ज्ञानमयः पातु श्रोत्रे पातु निशाप्रियः ॥२॥
घ्राणं गन्धप्रियः पातु जिह्वां विद्याप्रदो मम।
कण्ठं पातु विधोः पुत्रो भुजौ पुस्तकभूषणः ॥३॥
वक्षः पातु वराङ्गश्च हृदयं रोहिणीसुतः।
नाभिं पातु सुराराध्यो मध्यं पातु खगेश्वरः ॥४॥
जानुनी रौहिणेयश्च पातु जङ्घेऽखिलप्रदः।
पादौ मे बोधनः पातु पातु सौम्योऽखिलं वपुः ॥५॥
एतद्धि कवचं दिव्यं सर्वपापप्रणाशनम्।
सर्वरोगप्रशमनं सर्वदुःख-निवारणम् ॥६॥
आयुरारोग्यशुभदं पुत्र - पौत्र - प्रवर्धनम्।
यः पठेच्छृणुयाद् वाऽपि सर्वत्र विजयी भवेत् ॥७॥

बुध स्तुति

उत्पातरूपी जगतां चन्द्रपुत्रो महाद्युतिः।
सूर्यप्रियकरो विद्वान् पीड़ां दहतु मे बुधः ॥

विनियोग

उद्‌बुध्य इति मन्त्रस्य परमेष्ठी ऋषिः बुधो देवता त्रिष्टुप्छन्दः सौम्यमन्त्र-जपे विनियोगः—

सबीज वैदिक मन्त्रः—ॐ-ब्रां, ब्रीं, ब्रौं सः ॐ भूर्भुवः स्वः ॐ उद्‌बुद्ध्य स्वाग्नेप्रतिजागृहित्त्वमिष्टापूर्ते संसृजेथामयञ्च अस्मिन्त्सधस्त्येऽअध्युत्तरस्मिन्विश्वे देवा यजमानश्च सीदत। ॐ स्वः भुवः भूः ॐ सः ब्रौं ब्रीं, ब्रां ॐ सौम्याय नमः

एकाक्षरी बीज मन्त्रः—ॐ बुं बुधाय नमः

तान्त्रिक बुध मन्त्रः - ॐ ब्रां ब्रीं ब्रौं. सः बुधाय नमः

जप संख्याः—९००० नौ सहस्र (नौ हजार)

बुध अनिष्ट फल शमनार्थं दान पदार्थाः

बुधप्रतिदानः—पन्ना, सोना, कांसा, मूंग, खांड, घी, हरा वस्त्र, पचरंग के फूल, हाथी दांत, कपूर. शस्त्र और फल।

बुध देवता स्वर्ण दान से बहुत प्रसन्न होता है यूं तो दान वित्तसमान ही ठीक होता है जो लोग ऋण लेकर दान करते हैं वे पीछे पछताते हैं इसलिये अपनी सामर्थ्य के अनुसार ही दान करना चाहिये। इसके दान वस्तुओं की भार मात्रा ७ रत्ती ७ मासा और सात तोले तक है जैसी जिसकी सामर्थ्य है वैसा ही उसका दान ठीक होता है इसलिये प्रत्येक दानी अपना दान सुपात्र को देकर अपने यज्ञ को सफल बनाये।[1]

बुध मंगल स्तोत्रम्

सौम्योदङ्मुख-पीतवर्ण-मगधश्चात्रेय-गोत्रोद्भवो,
बाणेशानदिशः सुदृक्छनिभृगुः शत्रुः सदा शीतगुः।

---

१. और बुध के अनिष्ट फल से बचने के लिये कि वह विधारावृक्ष की जड़ किसी शुभ नक्षत्र वाले बुध को अपने घर लाये और नित्य नियम से उसका पूजन कर अपने शरीर में धारण करे तो निश्चय ही बुध पीड़ा शान्त होकर जातक को सुख शान्ति प्राप्त होगी।

कन्या युग्मपतिर्दशाष्ट-चतुरः षड्नेत्रकः शोभनो,
विष्णुः पौरुषदेवते शशिसुतः कुर्यात् सदा मङ्गलम् ॥

गुरु पीड़ा निवारणार्थ यन्त्र

जिन मनुष्यों के जन्मपत्र में गुरु ६-८-९-१२ स्थान में बैठा हो अथवा अस्त, नीच या नीचास्त का होकर उनको कष्ट या किसी भी प्रकार की पीड़ा देता हो तो उन मनुष्यों को चाहिये कि वे गुरु यन्त्र को रजत पत्र पर अंकित कराकर उस पर गुरु (वृहस्पति) की प्रतिमा स्थापित कर उसकी यथाविधि पूजा मन्त्र जाप शुद्ध एकान्त शान्त स्थान अथवा देवस्थल पर करें और निर्विघ्न पूजा समाप्त करें। उनका शुभाशीष प्राप्त कर अपने प्रत्येक कार्य को सफल बनायें। जाप के समय एक पुखराज की अंगूठी जो कि ५ रत्ती के पुखराज की ९ मासे सोने या चाँदी में बनी हुई नग शरीर को स्पर्श करता हुआ पहने और शेष बातें प्रस्तावनानुसार दैनिक नित्य नियम सें करने में अवश्य ही लाभप्रद रहेगा इसमें कोई सन्देह की बात नहीं है।

गुरुयन्त्र

१०	५	१२
११	९	७
६	१३	८

वृहस्पतिकवचम्

अभीष्टफलदं देवं सर्वज्ञं सुरपूजितम्।
अक्षमालाधरं शान्तं प्रणमामि वृहस्पतिम् ॥१॥
वृहस्पतिः शिरः पातु ललाटं पातु मे गुरु।
कर्णौ सुरगुरुः पातु नेत्रे मेऽभीष्टदायकः ॥२॥
जिह्वां पातु सुराचार्यो नासां मे वेदपारगः।
मुखं मे पातु सर्वज्ञो कण्ठं मे देवतागुरुः ॥३॥
भुजावाङ्गिरसः पातु करौ पातु शुभप्रदः।
स्तनौ मे पातु वागीशः कुक्षिं मे शुभलक्षणः ॥४॥
नाभिं देवगुरुः पातु मध्यं पातु सुखप्रदः।
कटिं पातु जगद्वन्द्य ऊरू मे पातु वाक्पतिः ॥५॥
जानुजङ्घे सुराचार्यः पादौ विश्वात्मकस्तथा।
अन्यानि यानि चाङ्गानि रक्षेन्मे सर्वतो गुरुः ॥६॥

इत्येतत् कवचं दिव्यं त्रिसन्ध्यं यः पठेन्नरः ।
सर्वान् कामानवाप्नोति सर्वत्र विजयी भवेत् ॥७॥

गुरु-स्तुति

देवमन्त्री विशालाक्षः सदा लोकहिते रतः ।
अनेक-शिष्यैः सम्पूर्णः पीड़ां दहतु मे गुरुः ॥

विनियोग

अस्य श्री वृहस्पतिमन्त्रस्य गृत्समद ऋषि व्रह्मा देवता त्रिष्टुप्छन्द वृहस्पति-मन्त्रजपे विनियोगः—

वृहस्पति का जप शुभ नक्षत्र शुभ मुहुर्त में वृहस्पति के ही दिन सन्ध्या के समय व्रत रखकर ही करना चाहिये समाप्ति भी गुरुवार को ही करनी चाहिये। हवन के लिये पीपल की समिधा ही होनो अति आवश्यक है।

सबीज वैदिक मन्त्र :—ॐ ह्रां, ह्रीं ह्रौं सः ॐ भू र्भुवः स्वः । ॐ वृहस्पतेऽ-अतियदर्य्यो ऽ अर्हादयुमद्विभाति क्रतुमज्जनेषु । यद्दीदयच्छवसऽऋतप्रजातु तदस्मासु द्रविणन्धेहि चित्रम् ॐ स्वः, भुवः, भूः ॐ सः ह्रौं, ह्रीं, ह्रां ॐ वृहस्पतये नमः ।

एकाक्षरी बीज मन्त्र :—ॐ बृं वृहस्पतये नमः ।

तान्त्रिक गुरु मन्त्र :—ग्रां ग्रीं ग्रौं सः गुरवे नमः ।

जप संख्या :—१९०००, उन्नीससहस्र (उन्नीस हजार) ।

सन्ध्या समय प्रारम्भ करे; हवन पीपल की समिधा से करना चाहिये ।

बृहस्पति अनिष्ट फल शमनार्थं दानपदार्था:

गुरु प्रति दान :—पुखराज, सोना, कांसी, चने की दाल, खांड़, घी, पीत-वस्त्र, पीत पुष्प, हल्दी, धार्मिक पुस्तक (गीता)—अश्व, पीले फलादि ।

गुरु महाराज उपर्युक्त दान से प्रसन्न होकर मन वांछित फल प्रदान करते हैं। यह तो सभी जानते हैं कि अपनी सामर्थ से अधिक दिया हुआ दान भी अनिष्ट कारक ही होता है इसलिये जो धनवान है और दे सकता है उसे चाहिये कि वह तुला दान के साथ प्रत्येक वस्तु ५ या ९ के हिसाब में (भार में) दे सकता है।

जैसे पुखराज, ५ या ९ रत्ती, सोना ५, ९, रत्ती, माशा, तोला इसी प्रकार और वस्तुएँ भी ९ सेर तक या उससे अधिक भी दे सकता है निर्धन या सामर्थ रहित मनुष्य केवल तिलपात्र, जप, हवन, १ ब्राह्मण भोजन कराकर ही गुरु महाराज को प्रसन्न कर सकता है, श्रद्धा से किया हुआ जप तथा तप, दिया हुआ दान, फल देता है और अश्रद्धा, निरादर, घमण्ड, अभिमान पूर्ण किया हुआ कार्य विशेष फलदायक नहीं होता इसलिये दान वित्त समान ही कर सुख संतोष और शान्ति प्राप्त करनी चाहिये किसी की रीस या हिर्स में कोई कार्य करना बुरा है। गुरु से पीड़ित जातक यदि केले के वृक्ष की पूजा करे, केले की जड़ या भारंगी की जड़ अपने शरीर में धारण करे तो वह अवश्य ही वृहस्पति पीड़ा से मुक्त रह सकता है।

वृहस्पति मंगलस्तोत्रम् यन्त्र

जीवश्चाङ्गिर-गोत्रजोत्तरमुखो　　दीर्घोत्तरासंस्थितः।
　　पीतोऽश्वत्थ-समिद्ध सिन्धुजनितश्चापोऽथ　　मीनाधिपः॥
सूर्येन्दु-क्षितिज-प्रियो-बुधसितौ　　शत्रू समाश्चापरे।
　　सप्ताङ्कद्विभवः शुभः सुरगुरुः कुर्यात् सदा मङ्गलम्॥

शुक्र पीड़ा निवारणार्थं

जिस मनुष्य के जन्मपत्र में शुक्र अस्त हो, नीच का हो या नीचास्त हो अथवा ४, ६, ८, १२ स्थानों में से किसी भी स्थान में बैठकर जातक को पीड़ा पहुँचता हो तो उस जातक को शुक्र पीड़ा शमनार्थ ७ रत्ती हीरे (नग) की, ७ माशे चाँदी या सोने की अंगूठी कनिष्ठा उंगली में पहन कर निम्नांकित यन्त्र को चाँदी पत्र पर अंकित कराकर और उसपर शुक्रदेव की घोड़े पर चढ़ी प्रतिमा बनवाकर स्थापित करे, शुक्र का व्रत रक्खे खटाई (दही तक) न खाये, दूध, खीर, खोया (मावा) आदि का एकही बार भोजन करे नित्य नियम से, दैनिक कार्यों से निवृत्त होने से प्रथम स्नान, ध्यान, पूजापाठ आदि कर सूर्योदय के समय अपना जाप प्रारम्भ करे और अनुष्ठान समाप्ति पर उदुम्बर (गूलर) की समिधा से हवन आहुतियाँ दें।

शुक्र यन्त्र

१४	९	१६
१५	१३	११
१०	१७	१२

शुक्ल पक्ष के शुभ नक्षत्र में पूर्णतिथि शुक्रवार को गंगा जल और कच्चे गाय के दूध से धो कर शुद्ध कर, यन्त्र, प्रतिमा और अंगूठी आदि की प्रतिष्ठा कर मन्त्र जाप के लिये तत्पर हो अनुष्ठान के समय पूर्ण ब्रह्मचर्य, भूमिशयन तथा उपवास का ध्यान रखना चाहिए।

शुक्रकवचम्

मृणाल-कुन्देन्दु-पयोज-सुप्रभं श्वेताम्बरं प्रसृतमक्षमालिनम्।
समस्तशास्त्रार्थविधिं महान्तं ध्यायेत् कविं वाञ्छितमर्थसिद्धये ॥१॥

शिरो मे भार्गवः पातु भालं पातु ग्रहाधिपः।
नेत्रे दैत्यगुरुः पातु श्रोत्रे मे चन्दनद्युतिः ॥२॥
पातु मे नासिकां काव्यो वदनं दैत्यवन्दितः।
वचनं चोशनाः पातु कण्ठं श्रीकण्ठभक्तिमान् ॥३॥
भुजौ तेजोनिधिः पातु कुक्षिं पातु मनोव्रजः।
नाभिं भृगुसुतः पातु मध्यं पातु महीप्रियः ॥४॥
कटिं मे पातु विश्वात्मा ऊरू मे सुरपूजितः।
जानुं जाड्यहरः पातु जङ्घे ज्ञानवतां वरः ॥५॥
गुल्फौ गुणनिधिः पातु पातु पादौ वराम्बरः।
सर्वाण्यङ्गानि मे पातु स्वर्णमालापरिष्कृतः ॥६॥
य इदं कवचं दिव्यं पठति श्रद्धयान्वितः।
न तस्य जायते पीड़ा भार्गवस्य प्रसादतः ॥७॥

शुक्र स्तुति

दैत्यमन्त्री गुरुस्तेषां प्राणदश्च महाद्युतिः।
प्रभुस्ताराग्रहाणां च पीड़ां दहतु मे भृगुः ॥

विनियोग

अन्नात्परिस्रुत इति मन्त्रस्य प्रजापतिऋषिः अश्विसरस्वतीन्द्रा देवताः। जगतीछन्दः। शुक्रमन्त्रजपे विनियोगः।

सबीज वैदिक मन्त्र :–ॐ द्राँ, द्रीं, द्रौं, सः ॐ भू र्भुवः स्वः ॐ अन्नात्परिस्रुतो रसम्ब्रह्मणा व्यपिबत्क्षत्रम्पयः सोमम्प्रजापतिः। ऋतेन सत्यमिन्द्रियं विपानं शुक्रमन्धसऽइन्द्रस्येन्द्रियमिदम्पयोमृतम्मधु ॐ स्वः, भुवः, भूः ॐ सः, द्रौं, द्रीं, द्राँ ॐ शुक्राय नमः॥

एकाक्षरी बीज मन्त्र :--ॐ शुं शुक्राय नमः।

तान्त्रिक शुक्र मन्त्र :--द्रां, द्रीं, द्रौं सः शुक्राय नमः।

जप संख्या :—१६०००, सोलह सहस्र (सोलह हजार)।

शुक्र अनिष्ट फल शमनार्थं दानपदार्थाः

शुक्र प्रति दान :--हीरा, सोना, चाँदी, चावल, मिश्री, दूध, श्वेत वस्त्र, श्वेत पुष्प, कस्तूरी, कपूर, श्वेत घोड़ा, श्वेत चन्दन, श्वेत मिठाईयां।

शुक्र दान की प्रत्येक वस्तु का भार कम से कम ७ रत्ती, ७ माशा, ७ तोला ७ सेर जिसको जितनी सामर्थ हो उतना ही दान करना चाहिये अधिक किये गये दान से लाभ के स्थान पर हानि हो सकती है। इसलिये दान वित्त समान ही उचित रहता है जिनकी सामर्थ पूर्णरूप से तुला दान की नहीं है, वे तिलपात्र तथा छाया दान द्वारा ही अपना यज्ञ पूरा कर सकते हैं। केवल जाप ही यथेष्ट मात्र सविधि होना आवश्यक है यज्ञान्त में ब्राह्मण भोजन कराकर आर्शीवाद लेना आवश्यक है विशेष जानकारी के लिये प्रस्तावना में लिखा ही गया है। शुक्र प्रेम का प्रतीक है अर्थात् प्रेम की देवी है जिस मनुष्य को स्त्री से कष्ट हो, विवाह न होता हो या स्त्री सदैव बीमार रहती हो या कर्कशा हो, तो शुक्र का व्रत करना, उसकी कथा सुनना, पूजा करना आदि उपचारों से सान्त्वना प्राप्त होती है वह निश्चय ही है। इसके अतिरिक्त शुक्र-पीड़ित मनुष्य यदि शुक्र का व्रत रखे कोई खट्टी वस्तु सेवन न करे और सर पुंखा की जड़ (झोंझरू की जड़) की पूजा कर उसे शरीर में

धारण करे तो वह शुक्र अनिष्ट फल से सहज ही मुक्त हो सकता है। इसलिये अवश्य ही सर पुंखी की जड़ उसे अपने पास रखनी चाहिये।

शुक्रमङ्गलस्तोत्रम्

शुक्रो भार्गवगोत्रजः सितनिभः प्राचीमुखः पूर्वदिक्,
पञ्चाङ्गो वृषभस्तुलाधिप-महाराष्ट्राधिपोदुम्बरः।
इन्द्राणीमघवानुभौ बुध-शनीमित्रार्क-चन्द्रौ रिपू-
पष्ठो द्विर्दश-र्वाजतो, भृगुसुतः कुर्यात् सदा मङ्गलम्॥

शनि पीड़ा निवारणार्थंयन्त्र

यदि किसी व्यक्ति के जन्मपत्र में शनि नीच का, अस्त का, नीचास्त का, मूल, त्रिकोण और केन्द्र में पीड़ा कारक पड़ा हो तो जातक को चाहिये कि शनि पीड़ा शमनार्थं ३ रत्ती या १० रत्ती का निर्दोष नीलम नग, १० माशे सोने, या स्टील अथवा काले घोड़े के अगले पाँव की दाहिनी नाल की अँगूठी बनवाकर अपने दाहिने हाथ की मध्यमा उंगली में सदैव पहने। निम्नांकित यन्त्र स्टैन्लैसस्टील में अंकित कराकर उसपर शनि देव की लोह प्रतिमा स्थापित करे और शनिवार को शुभ नक्षत्र, शुभ मुहुर्त में गंगा जल और काली गाय के कच्चे दूध से उसको स्नान करायें। शनिवार का व्रत अवश्य रखे और रात्रि को इसका जाप प्रारम्भ करे, हवन के लिये शमी की समिधा होनी चाहिए जप के समय धूप, दीप, नैवेद्य आदि का प्रबन्ध होना चाहिए। जाप शुक्ल पक्ष से ही आरम्भ करना चाहिए नवरात्रों का किया गया अनुष्ठान अधिक शुभ फल दायक होता है उस समय मनुष्य को पूर्ण ब्रह्मचर्य, भूमि शयन तथा उपवासादि का पूर्ण ध्यान रखना चाहिये।

शनि यन्त्र

१२	७	१४
१३	११	९
८	१५	१०

शनि कवचम्

नीलाम्बरो नीलवपुः किरीटो गृध्रस्थितस्त्रासकरो धनुष्मान्।
चतुर्भुजः सूर्यसुतः प्रसन्नः सदा मम स्याद् वरदः प्रशान्तः॥१॥

श्रृणुध्वमृषयः सर्वे शनिपीड़ाहरं महत् ।
कवचं शनिराजस्य सौरेरिदमनुत्तमम् ॥२॥
कवच देवतावासं वज्रपञ्जरसंज्ञकम् ।
शनैश्चरप्रीतिकरं सर्वसौभाग्यदायकम् ॥३॥
ॐ श्रीं शनैश्चरः पातु भालं मे सूर्यनन्दनः ।
नेत्रे छायात्मजः पातु पातु कर्णौ यमानुजः ॥४॥
नासां वैवस्वतः पातु मुखं मे भास्करः सदा ।
स्निग्धकण्ठश्च मे कण्ठं भुजौ पातु महाभुजः ॥५॥
स्कन्धौ पातु शनिश्चैव करौ पातु शुभप्रदः ।
वक्षः पातु यमभ्राता कुक्षिं पात्वसितस्तथा ॥६॥
नाभिं ग्रहपतिः पातु मन्दः पातु कटिं तथा ।
ऊरू ममान्तकः पातु यमो जानुयुगं तथा ॥७॥
पादौ मन्दगतिः पातु सर्वांगं पातु पिप्पलः ।
अङ्गोपाङ्गानि सर्वाणि रक्षेन् मे सूर्यनन्दनः ॥८॥
इत्येतत् कवचं दिव्यं पठेत् सूर्यसुतस्य यः ।
न तस्य जायते पीड़ा प्रीतो भवति सूर्यजः ॥९॥
व्ययजन्मद्वितीयस्थो मृत्युस्थानगतोऽपि वा ।
कलत्रस्थो गतो वाऽपि, सुप्रीतस्तु सदा शनिः ॥१०॥
अष्टमस्थे सूर्यसुते व्यये जन्मद्वितीयगे ।
कवचं पठते नित्यं न पीड़ा जायते क्वचित् ॥११॥
इत्येतत् कवचं दिव्यं सौरेर्यन्निर्मितं पुरा ।
द्वादशाष्टम-जन्मस्थ-दोषान्नाशयते सदा ।
जन्मलग्नस्थितान् दोषान् सर्वान्नाशयते प्रभुः ॥१२॥

शनि स्तुति

सूर्यपुत्रो दीर्घदेहो विशालाक्षः शिवप्रियः ।
मन्दचारः प्रसन्नात्मा पीड़ां दहतु मे शनिः ॥

विनियोग

शन्नोदेवोइतिमन्त्रस्य, दध्यङ्ङाथर्वण ऋषिः आपो देवता।
गायत्री छन्दः। शनिमन्त्रजपे विनियोग :—

सवीज वैदिक मन्त्रः—ॐ खाँ खीं खौं सः ॐ भूर्भुवः स्वः ॐ शन्नोदेवीर-भीष्टयऽआपो भवन्तु पीतये। शंय्योरभिस्रवन्तु नः। ॐ स्वः भुवः भूः ॐ सः खौं, खीं खाँ शनैश्चराय नमः—

एकाक्षरी बीज मन्त्र :—ॐ शं, शनैश्चराय नमः

तान्त्रिक शनि मन्त्र।—ॐ प्राँ, प्रीं प्रौं सः शनये नमः

जप संख्या :—२३०००, तेइस सहस्र (तेइस हजार)

शनि अनिष्ट फल शमनार्थं दानपदार्थाः

शनि प्रति दान :—नीलम, सोना, लोहा, उर्द, कुल्थ, तेल, सरसों, काला कपड़ा, काले फूल, कस्तूरी, काली सवत्सा गाय, काली भैंस, काले जूते, कृष्ण फल।

शनि दान के समय उपर्युक्त वस्तुओं के भार कम से कम सवा तीन रत्ती ३¼ होना चाहिये और अधिक से अधिक के लिये ३½, ७, १० रत्ती, तोला, सेर आदि जितनी भी सामर्थ हो दान वित्त समान कर देना चाहिये अपनी शक्ति सामर्थ से अधिक दिया हुआ दान किया हुआ काम दुखदायी ही रहता है, इसमें तुला दान का बहुत ही महात्म्य लिखा है साथ ही तिलपात्र घृत छाया दान भी अवश्य करने चाहिये। यज्ञान्त में ब्राह्मण भोज शक्ति भर अवश्य करना चाहिये। एक लोह प्रतिमा शनि दान में अवश्य ही करनी चाहिये शनि शक्ति का प्रतीक है। दीर्घसूत्री तथा उदासीन है इसलिये इसको प्रसन्न करने के लिये अवश्य ही प्रयत्न करना चाहिये, जीव हिंसा निषेध है। बीछू जड़ी पास रखना लाभदायक है। बीछू पौदे की जड़ें (शिशणा) को पास रखकर उसकी पूजा करने से तथा धारण करने से शनि का दूषित फल शान्त रहता है।

शनिमंगल स्तोत्र

मन्दः कृष्णनिभस्तु पश्चिममुखः सौराष्ट्रकः काश्यपः,
स्वामी नक्रभकुम्भयोर्बुध-सितौ मित्रे समश्चाङ्गिराः ।
स्थानं पश्चिमदिक् प्रजापति-यमौ देवौ धनुष्यासनः,
षटत्रिस्थः शुभकृच्छनी रविसुतः कुर्यात् सदा मंगलम् ॥

राहु पीड़ा निवारणार्थ यन्त्र

जो मनुष्य राहु ग्रह के प्रकोप से पीड़ित हो उसे चाहिये कि वह निम्नांकित यन्त्र को शीशा (जस्ता) के पत्र पर अंकित कराकर स्टील की रकाबी पर स्थापित करे और शीशे की एक राहु प्रतिमा उस यन्त्रोपरि स्थापित करे, साथ ही ७ माशे का शीशे धातु का एक गोला बनाकर उस रकाबी में धर दे और सात (७) रत्ती का गोमेदक नग, ७ माशे शीशे या सोने की अंगूठी में लगवाकर अपने दाहिने हाथ की उँगली को स्पर्श करता हुआ पहनने योग्य बनवाकर उस रकाबी में रख दे। तत्पश्चात् इन सभी वस्तुओं को गंगाजल में अच्छी तरह धोकर उसके बाद काली बकरी के दूध में धोकर अंगूठी को दाहिने हाथ की मध्यमा उँगली में धारण कर मन्त्र जाप के लिये प्रस्तुत हो। जप के लिये एकान्त, शान्त, पवित्र, देवालय आदि ही होना चाहिये। राहु मन्त्र का जाप बुध या शनि बार से ही प्रारम्भ करना चाहिये। जिस दिन प्रारम्भ करे उस दिन का व्रत अवश्य ही रखे। जाप शुक्ल पक्ष के शुभ नक्षत्र के शुभ मुहुर्त में ही नित्य नैमित्तिक कार्यों से निवृत्त होकर रात्रि के समय प्रारम्भ तथा समाप्त करें। हवन के लिये कुश की समिधा होनी चाहिये जपकर्ता को जप के या अनुष्ठान के समय, ब्रह्मचर्य, भूमिशयन, उपवास, हल्का पथ्य लेने की आवश्यकता रहती है। इस प्रकार विधि विधान से किया गया निर्विघ्न अनुष्ठान सदैव सुफल दायक रहता है। असगन्ध जड़ी इस दशा में पास रखना आवश्यक है।

राहु यन्त्र

१३	८	१५
१४	१२	१०
९	१६	१०

राहु कवचम्

प्रणमामि सदा राहुं शूर्पाकारं किरीटिनम् ।
सैंहिकेयं करालास्यं लोकानामभयप्रदम् ॥१॥

नीलाम्बरः शिरः पातु ललाटं लोकवन्दितः ।
चक्षुषी पातु मे राहुः श्रोत्रे त्वर्धंशरीरवान् ॥२॥

नासिकां मे धूम्रवर्णः शूलपाणिर्मुखं मम ।
जिह्वां मे सिंहिकासूनुः कण्ठं मे कठिनांघ्रिकः ॥३॥

भुजङ्गेशो भुजौ पातु नीलमाल्याम्बरः करौ ।
पातु वक्षःस्थलं मन्त्री पातु कुक्षिं विधुन्तुदः ॥४॥

कटिं मे विकटः पातु ऊरू मे सुरपूजितः ।
स्वर्भानुर्जानुनी पातु जंघे मे पातु जाड्यहा ॥५॥

गुल्फौ ग्रहपतिः पातु पादौ मे भीषणाकृतिः ।
सर्वाण्यङ्गानि मे पातु नीलचन्दनभूषणः ॥६॥

राहोऽरिदं कवचमृद्धिदवस्तुदं यो,
भक्त्या पठत्यनुदिनं नियतः शुचिः सन् ।
प्राप्नोति कीर्तिमतुलां श्रियमृद्धिमायु-
रारोग्यमात्मविजयं च हि तत्प्रसादात् ॥७॥

राहु स्तुति

महाशीर्षा महावक्त्रो महादंष्ट्रो महायशाः ।
अतनुश्चोर्ध्वकेशश्च पीड़ां दहतु मे तमः ॥

विनियोग

कयानश्चित्र इति मन्त्रस्य वामदेवऋषिः राहुर्देवता गायत्री छन्दः राहुमन्त्रजपे विनियोगः—

सबीज वैदिक मन्त्र :—ॐ भ्रां, भ्रीं, भ्रौं सः—ॐ भूर्भुवः स्वः—

ॐ कयानश्चित्र ऽ आभुवदूती सदा वृष : सखा। कया शचिष्ठयावृता. ॐ स्वः भुवः, भूः ॐ सः—भ्रौं भ्रीं भ्रां, ॐ राहवे नमः ॥

एकाक्षरी बीज मन्त्र :—ॐ रां राहवे नमः।

तान्त्रिक राहु मन्त्र :—ॐ भ्रां भ्रीं, भ्रौं सः राहवे नमः।

जप संख्या :—१८०००, अठारह सहस्र (अठारह हजार)।

राहु अनिष्ट फल शमनार्थं दानपदार्थाः

राहु प्रति दान :—गोमेदक (नग), सोना, शीशा, तिल, सरसों, लाई का तेल, नीला कपड़ा, काले फूल, खाँडा, काला कम्मल, काला घोड़ा, शूर्प (सूपा), फल, सब्जियाँ इत्यादि।

राहु दान के समय उपर्युक्त वस्तुओं के भार कम से कम ७ रत्ती, ७ माशा ७ तोला सात (७) सेर इत्यादि अपनी सामर्थ्य के अनुसार रखने चाहिये। क्यों कि सामर्थ से अधिक दिया हुआ दान दुःख का कारण ही रहता है। इसलिये जो लोग अमीर हैं सर्व समर्थ हैं उन्हें पूर्णदान करना चाहिए क्योंकि दान से अरिष्ट कटता है। तुला दान, तिलपात्र, घृतछाया पात्र दान भी इसके लिये करना आवश्यक है। एक लोहे का सर्प ७ तोले का बनवाकर भी दान करना चाहिये। जिनको इतनी सामर्थ नहीं है वे सूक्ष्म रूप से सभी दान कर सकते हैं। राहुके लिये विशेष सिद्ध प्रयोग देते हैं (मन्त्र—ॐ अ, र, व, च, न, धीं) रात्रि को रोटी जिस पटले पर खाये उसी पर जूठे हाथों से १ माला ४१ दिन तक जप आचमन राहवे नमः का करे और फिर हाथ पैर धोकर अपने कार्य में लग जाय जिस कार्य के लिये वह मन्त्र जपा जायगा वह कार्य अवश्य पूर्ण होगा। मन्त्र किसी दिन भी छूटना नहीं चाहिये। कार्य होने पर ब्रह्मभोजादि दान अवश्य ही करने चाहिये। सफेद चन्दन की राहु प्रतिमा का पूजन करे और सफेद चन्दन को ही शरीर में धारण करे तो वह जातक राहु पीड़ा से बच सकता है।

राहु मंगल स्तोत्रम्

राहुः सिंहलदेशजश्च निरृतिः कृष्णाङ्ग शूर्पासनो,
यः पैठीनसिगोत्रसम्भवसमिद् दूर्वामुखो दक्षिणः।

य: सर्पाद्यधिदैवते च निऋृतिः प्रत्याधिदेवः सदा,
षटत्रिस्थः शुभकृच्च सिंहिकसुतः कुर्यात् सदा मङ्गलम् ॥

केतु पीड़ा निवारणार्थं यन्त्र

केतु सबसे निकृष्ट ग्रह है जो कि राहु का पिछला अङ्ग माना जाता है और अपनी दशा में किसी को भी कष्ट दिए बिना नहीं छोड़ता । इसलिए इसका प्रत्येक कार्य राहु के समान होता है। इसका यन्त्र, प्रतिमा, अंगूठी आदि सभी राहु की तरह केतु की प्रत्येक बात कराकर उसी के भार के अनुसार व्यवहार में लाने चाहिये। इसका जाप भी रात्रि को ही होता है। हवन में कुश की समिधायें आवश्यक हैं जप के पहले लहसनियाँ नाम का नग शीशे या सोने की अंगूठी में जड़वाकर दांये की हाथ की मध्यमा उँगली में, नग का उँगली स्पर्श करते हुए पहनना अत्यन्त आवश्यक है। इसका यन्त्र निम्नांकित किया जाता है। केतु सभी ग्रहों से खतरनाक ग्रह है अतः इसका जाप विशेष रूप से सावधानी चाहता है। इसलिए एकान्त शान्त, एकाग्र होकर इसका मन्त्र जाप करना चाहिए शायद प्रसन्न हो जाय क्योंकि मेरे अनुभव में ऐसा नहीं आया कि इसकी दशा में कोई सुखी रहा हो इसलिए ब्रह्मचर्य भूमिशयन, उपवास, शनि या बुध का व्रत रखकर ही जाप प्रारम्भ करें।

१४	९	१६
१५	१३	११
१०	१७	१२

विनियोग

केतु कवचम्

केतु करालवदनं चित्रवर्णं किरीटिनम् ।
प्रणमामि सदाकेतुं ध्वजाकारं ग्रहेश्वरम् ॥१॥
चित्रवर्णः शिरः पातु भालं धूम्रसमद्युतिः ।
पातु नेत्रे पिङ्गलाक्षः श्रुती मे रक्तलोचनः ॥२॥
घ्राणं पातु सुवर्णाभश्चिबुकं सिंहिकासुतः ।
पातु कण्ठं च मे केतुः स्कन्धौ पातु ग्रहाधिपः ॥३॥

हस्तौ पातु सुरश्रेष्ठः कुक्षिं पातु महाग्रहः ।
सिंहासनः कटिं पातु मध्यं पातु महासुरः ॥४॥
उरू पातु महाशीर्षो जानुनी मेऽतिकोपनः ।
पातु पादौ च मे क्रूरः सर्वांगं नरपिंगलः ॥५॥
य इदं कवचं दिव्यं सर्वरोगविनाशनम् ।
सर्वशत्रुविनाशं च धारयेद् विजयी भवेत् ॥६॥

केतु स्तुति

अनेकरूपवर्णश्च शतशोऽथ सहस्रशः ।
उत्पातरूपी घोरश्च पीडां दहतु मे शिखी ॥

विनियोग

केतुंकृण्वन्निति मन्त्रस्य मधुच्छन्दा ऋषिः । केतुर्देवता गायत्री छन्दः । केतुमन्त्रजपे विनियोगः ।

सबीजवैदिक मन्त्र—ॐ प्रौं, प्रीं, प्रां, स ॐ भूर्भुवः स्वः ॐ केतुङ्कृण्वन्न केतवे पेशो मर्य्याऽअपेशसे । समुषद्भिरजायथा । ॐ स्वः भुवः भूः ॐ सः प्रौं प्रीं प्रां ॐ केतवे नमः ।

एकाक्षरी बीजमन्त्र—ॐ कें केतवे नमः

जप संख्या—१७००० सत्तरह सहस्र, (सत्तरह हजार)

केतु अनिष्ट फल शमनार्थ दानपदार्थाः

केतु प्रतिदान—लहसनियाँ (नग) सोना, लोहा, शीशा, कृष्ण तिल, सप्तधान्य, सरसों का तेल, धूम्रवस्त्र, धूम्रफूल फल नारियल, धूम्रकमल, धूम्र बकरा मलक मसूरादि । केतु दान के समय सभी वस्तुओं के भार राहु जैसे ही हैं । दान वित्त समान अपनी अपनी सामर्थ्य के अनुसार ही होने चाहिये, तुला दान तिलपात्र, छाया दान आदि होने तो अवश्य हैं ही साथ ही हर शनिवार को उर्द की खिचड़ी सरसों के तेल में छौंकी हुई काले कुत्ते को अवश्य खिलानी चाहिये ।

इसके केतुदेवता प्रसन्न होता है। सप्तधान्य में, उर्द मूंग, गेहूँ, चने, जौ, चावल, (कंगनी के) और मसूर आते हैं। विधिविधान से किया हुआ मन्त्र जाप सत्पात्र को दिया हुआ दान, शुद्ध मन से किया तप, और हवन कभी भी निरर्थक नहीं होते हैं इसलिये कुछ न कुछ आत्मशुद्धि के लिये करते ही रहना चाहिये।

केतु मंगल स्तोत्रम्

केतुर्जैमिनिगोत्रजः कुशसमिद् वायव्यकोणे स्थित-
श्चित्राङ्गध्वज-लाञ्छनो हिमगुहो यो दक्षिणाशामुखः।
ब्रह्माचैव सचित्र-चित्रसहितः प्राप्याधिदेवः सदा
षट्त्रिस्थः शुभकृच्च बर्बरपतिः कुर्यात् सदा मङ्गलम् ॥

जो जातक केतु पीड़ा से पीड़ित है और उपर्युक्त दानादि में असमर्थ है तो उसे चाहिए कि असगन्ध की जड़ अथवा लकड़ी का पूजन करे और शरीर स्पर्श के साथ पहने तो निश्चय ही उसकी पीड़ा में कमी आयेगी और वह सुख का अनुभव करेगा।

श्री सूक्तम्

ॐ हिरण्यवर्णां हरिणीं सुवर्णरजतस्रजाम्।
चन्द्रां हिरण्मयीं लक्ष्मीं जातवेदो म आवह ॥१॥

तां मऽआवह जातवेदो लक्ष्मीमनपगामिनीम्।
यस्यां हिरण्यं विन्देयं गामश्वं पुरुषानहम् ॥२॥

अश्वपूर्वां रथमध्यां हस्तिनादप्रमोदिनीम्।
श्रियं देवीमुपह्वये श्रीर्मा देवी जुषताम् ॥३॥

कांसोस्मितां हिरण्यप्राकारामार्द्रां ज्वलन्तीं तृप्तां तर्पयन्तीम्।
पद्मे स्थितां पद्मवर्णां तामिहोपह्वये श्रियम् ॥४॥

चन्द्रां प्रभासां यशसा ज्वलन्तीं श्रियं लोके देवजुष्टामुदाराम्।
तां पद्मिनीमीं शरणमहं प्रपद्ये अलक्ष्मीर्मे नश्यतां त्वां वृणोमि ॥५॥

आदित्यवर्णे तपसोऽधिजातो वनस्पतिस्तव वृक्षोऽथविल्वः।
तस्य फलानि तपसा नुदन्तु मायांतरायाश्च बाह्याऽअलक्ष्मीः ॥६॥
उपैतु मां देवसखः कीर्तिश्च मणिना सह।
प्रादुर्भूतो सुराष्ट्रेऽस्मिन् कीर्ति वृद्धि ददातु मे ॥७॥
क्षुत्पिपासामलां ज्येष्ठामलक्ष्मीं नाशयाम्यहम्।
अभूतिमसमृद्धिं च सर्वां निर्णुद मे गृहात् ॥८॥
गन्धद्वारां दुराधर्षां नित्यपुष्टां करीषिणीम्।
ईश्वरीं सर्वभूतानां तामिहोपह्वये श्रियम् ॥९॥
मनसः काममाकूतिं वाचः सत्यमशीमहि।
पशूनां रूपमन्नस्य मयि श्रीः श्रयतां यशः ॥१०॥
कर्द्दमेन प्रजा भूता मयि सम्भ्रम कर्द्दम।
श्रियं वासय मे कुले मातरं पद्ममालिनीम् ॥११॥
आपः स्रजन्तु स्निग्धानि चिक्लीत वस मे गृहे।
निच देवीं मातरं श्रियं वासय मे कुले ॥१२॥
आर्द्रां पुष्करिणीं पुष्टिं सुवर्णां हेममालिनीम्।
सूर्यां हिरण्मयीं लक्ष्मीं जातवेदो म आवह ॥१३॥
आर्द्रां यः करिणीं यष्टिं पिङ्गलां पद्ममालिनीम्।
चन्द्रां हिरण्मयीं लक्ष्मीं जातवेदो म आवह ॥१४॥
तां मऽआवह जातवेदो लक्ष्मीमनपगामिनीम्।
यस्यां हिरण्यं प्रभूतं गावो दास्योऽश्वान्विन्देयं पुरुषानहम् ॥१५॥
यः शुचिः प्रयतो भूत्वा जुहुयादाज्यमन्वहम्।
सूक्तं पञ्चदशर्चंञ्च श्रीकामः सततं जपेत् ॥१६॥

श्री भगवतीशक्तिस्तोत्रम्

जय भगवति देवि नमो वरदे, जय पापविनाशिनि बहुफलदे।
जय शुम्भनिशुम्भकपालधरे, प्रणमामि तु देवि नरार्ति-हरे ॥१॥

जयचन्द्रदिवाकरनेत्रधरे, जय पावकभूषितवक्त्रवरे।
जय भैरवदेहनिलीनपरे, जय अन्धकदैत्यविशोषकरे ॥२॥

जय महिषविमर्दिनिशूलकरे, जय लोकसमस्तक पाप हरे।
जय देवि पितामहविष्णुनते, जय भास्करशक्रशिरोऽवनते ॥३॥

जय षण्मुखसायुध ईशनुते, जय सागरगामिनि शम्भुनुते।
जय दुःखदरिद्रविनाशकरे, जय पुत्रकलत्रविवृद्धिकरे ॥४॥

जय देवि समस्तशरीरधरे, जय नाकविदर्शिनि दुःखहरे।
जय व्याधिविनाशिनि मोक्षकरे, जय वाञ्छितदायिनि सिद्धिवरे ॥५॥

एतद्व्यासकृतं स्तोत्रं यः पठेन्नियतः शुचिः।
गृहे वा शुद्धभावेन प्रीता भगवती सदा ॥६॥

स्तुतिः

सर्वमङ्गल-माङ्गल्ये शिवे सर्वार्थसाधिके।
शरण्ये त्र्यम्बके गौरि नारायणि नमोऽस्तु ते ॥
शरणागत-दीनार्त-परित्राण-परायणे ।
सर्वस्यार्तिहरे देवि ? नारायणि नमोस्तुते ॥

दक्षिण कालीमन्त्रः--क्रीं ३ ह्रीं ३ हूँ २ दक्षिणे कालिके क्रीं ३ ह्रीं २ हूँ २ स्वाहा ।

तारा मन्त्रः--ऐं ओं ह्रीं क्रीं हूँ फट्--

षोडशी मन्त्रः--ह्रीं कं ए. ई. ल. ह्री. ह स क ह ल ह्रीं स क ल ह्रीं ।

भूबनेश्वरीः--ह्रीं ।

छिन्नमस्ताः--श्रीं ह्रीं क्लीं ऐं वज्रवैरोचनीये हूँ हूँ फट् स्वाहा ।

भैरवीः--ह सैं ह स करी ह सैं ।

धूमावतीः--धूँ धूँ धूमावती ठः ठः ।

वगलामुखीः--ॐ ह्लीं वगलामुखी सर्व्वदुष्टानां वाचम्मुखं पदं स्तम्भय। जिह्वाङ्कीलय, कीलय बुद्धि नाशय ह्लीं ॐ स्वाहा--।

मातङ्गीः–ॐ ह्रीं क्लीं हूं मातङ्ग्यै फट् स्वाहा ।

दुर्गामन्त्रः–ॐ ह्रीं दुन्दुर्गायै नमः ।

एकाक्षरीः–ॐ क्रीं महाकालिकायै नमः ।

श्री सरस्वतीस्तोत्रम् :

शुक्लां ब्रह्मविचारसारपरमामाद्यां जगद्व्यापिनीम् ।
वीणापुस्तकधारिणीमभयदां जाड्यान्धकारापहाम् ।
हस्ते स्फाटिकमालिकां विदधतीं पद्मासने संस्थितां,
वन्दे तां परमेश्वरीं भगवतीं बुद्धिप्रदां शारदाम् ।।
याकुन्देन्दुतुषारहारधवला या शुभ्रवस्त्रावृता ।
या वीणावरदण्डमण्डितकरा या श्वेतपद्मासना ।
या ब्रह्माच्युतशङ्करप्रभृतिभिर्देवैः सदा वन्दिता ।
सा मां पातु सरस्वती भगवती निःशेषजाड्यापहा ।।

स्तुतिः

सरस्वति महाभागे विद्ये कमललोचने ।
विद्यारूपे विशालाक्षि विद्यां देहि नमोऽस्तुते ।।
यदक्षरपदभ्रष्टं मात्राहीनं च यद्भवेत् ।
तत्सर्वं क्षम्यतां देवि प्रसीद परमेश्वरि ।।

सरस्वतीमन्त्र–ॐ ह्रीं ऐं घीं क्लीं सौं श्रीं सरस्वत्यै नमः ।

एकाक्षरीमन्त्रः–ॐ ऐं सरस्वत्यै नमः ।

महालक्ष्म्यष्टकम्

नमस्तेऽस्तु महामाये श्रीपीठे सुरपूजिते ।
शङ्खचक्रगदाहस्ते महालक्ष्मि नमोस्तु ते ।।१।।
नमस्ते गरुडारूढे कोलासुरभयंकरि ।
सर्वपापहरे देवि महालक्ष्मि नमोस्तु ते ।।२।।
सर्वज्ञे सर्ववरदे सर्वदुष्टभयङ्करि ।
सर्वदुःखहरे देवि महालक्ष्मि नमोस्तु ते ।।३।।

सिद्धिबुद्धिप्रदे देवि भुक्तिमुक्ति-प्रदायिनि ।
मन्त्रपूते सदा देवि महालक्ष्मि नमोस्तु ते ॥४॥
आद्यन्तरहिते देवि आद्यशक्तिमहेश्वरि ।
योगजे योगसम्भूते महालक्ष्मि नमोस्तुते ॥५॥
स्थूलसूक्ष्ममहारौद्रे महाशक्तिमहोदरे ।
महापापहरे देवि महालक्ष्मि नमोस्तुते ॥६॥
पद्मासनस्थिते देवि परब्रह्मस्वरूपिणि ।
परमेशि जगन्मातर्महालक्ष्मि नमोस्तुते ॥७॥
श्वेताम्बरधरे देवि नानालङ्कारभूषिते ।
जगत्स्थिते जगन्मातर्महालक्ष्मि नमोस्तु ते ॥८॥
महालक्ष्म्यष्टकस्तोत्रं यः पठेद्भक्तिमान्नरः ।
सर्वसिद्धिमवाप्नोति राज्यं प्राप्नोति सर्वदा ॥९॥
एककाले पठेन्नित्यं महापापविनाशनम् ।
द्विकालं यः पठेन्नियं धनधान्यसमन्वितः ॥१०॥
त्रिकालं यः पठेन्नित्यं महाशत्रुविनाशनम् ।
महालक्ष्मीर्भवेन्नियं प्रसन्ना वरदा शुभा ॥११॥

स्तुतिः

कमला चपला लक्ष्मीरिलाभूतिर्हरिप्रिया ।
पद्मा पद्मालया संपदुच्चैः श्रीः पद्मधारिणी ॥
नमस्तो सर्वदेवानां वरदासि हरिप्रिये ।
या गतिस्त्वत्प्रपन्नानां सा मे भूयात्त्वदर्चनात् ॥
या देवी सर्वभूतेषु लक्ष्मीरूपेण संस्थिता ।
नमस्तस्यै नमस्तस्यै नमस्तस्यै नमो नमः ॥

लक्ष्मी स्तोत्र

त्रैलोक्यपूजिते देवि कमले विष्णुवल्लभे ।
यथा त्वमचला कृष्णे तथा भव मयि स्थिरा ॥१॥
ईश्वरी कमला लक्ष्मीश्चला भूतिर्हरिप्रिया ।
पद्मा पद्मालया सम्यगुच्चैः श्रीः पद्मधारिणी ॥२॥

द्वादशैतानि नामानि लक्ष्मीं सम्पूज्य यः पठेत् ।
स्थिरा लक्ष्मीर्भवेत्तस्य पुत्रपौत्रादिभिः सह ।।३।।

कमलात्मिका मन्त्रः–ॐ ऐं ह्रीं क्लीं हयां जगत्प्रसूत्यै नमः ।

एकाक्षरी मन्त्रः–ॐ ह्रीं महालक्ष्मीदेव्यै नमः ।

महालक्ष्मी का आदि मन्त्रः–ॐ ह्रीं कमले कमलालये प्रसीद प्रसीद श्रीं ह्रीं श्रीं महालक्ष्मी नमः

क्षमा प्रार्थना

अपराधसहस्राणि क्रियन्तेऽहर्निशं मया ।
दासोऽयमिति मां मत्वा क्षमस्व परमेश्वरि ।।१।।
आवाहनं न जानामि न जानामि विसर्जनम् ।
पूजां चैव न जानामि क्षम्यतां परमेश्वरि ।।२।।
मन्त्रहीनं क्रियाहीनं भक्तिहीनं सुरेश्वरि ।
यत्पूजितं मया देवि परिपूर्णं तदस्तु मे ।।३।।
अपराधशतं कृत्वा जगदम्बेति चोच्चरेत् ।
यां गतिं समवाप्नोति न तां ब्रह्मादयः सुराः ।।४।।
सापराधोऽस्मि शरणं प्राप्तस्त्वां जगदम्बिके ।
इदानीमनुकम्प्योऽहं यथेच्छसि तथा कुरु ।।५।।
अज्ञानाद्विस्मृतेर्भ्रान्त्या यन्न्यूनमधिकं कृतम् ।
तत्सर्वं क्षम्यतां देवि प्रसीद परमेश्वरि ।।६।।
कामेश्वरि जगन्मातः सच्चिदानन्दविग्रहे ।
गृहाणार्चामिमां प्रीत्या प्रसीद परमेश्वरि ।।७।।
गुह्यातिगुह्यगोप्त्री त्वं गृहाणास्मत्कृतं जपम् ।
सिद्धिर्भवतु मे देवि त्वत्प्रसादात्सुरेश्वरि ।।८।।
मत्समः पातकी नास्ति पापघ्नी त्वत्समा नहि ।
एवं ज्ञात्वा महादेवि यथायोग्यं तथा कुरु ।।
देहि सौभाग्यमारोग्यं देहि मे परमं सुखम् ।
रूपं देहि जयं देहि यशो देहि द्विषो जहि ।।
सर्वमङ्गलमाङ्गल्ये शिवे सर्वार्थसाधिके ।
शरण्ये त्र्यम्बके गौरि नारायणि नमोऽस्तु ते ।।